U0110010

Cup and Mirror 的旋律

人，像一只杯子，或多或少，神都會在裏面注入賜福的聖水；同時也在杯中留有空間，讓你有機會與神同工。

人生，像一面明鏡，你笑他就笑，你哭他就哭；要有幸福的人生，你總得先是笑容相迎，高唱生命之頌。

陳忠照｜著

有這段話

這本書原是訂於二〇〇六年付梓，至今二〇一〇年乃出版，是有三項體念：

一、歲月是不等人的。

二、多收錄寄寓南投三育校園的幾篇文章。

三、萬事各依其時，成為美好。

人之一生，或曰無來無去，或曰無始無終。都是滴水滄海，豈真水過無痕？

二〇一〇年春

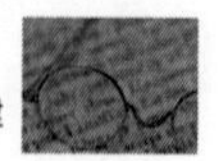

這本書的期約

從溫良恭儉讓，
到信望愛謙能，
是體念一枝草一點露，
或體悟
普施甘露的造物主！
在人生旅途，
且定下來，駐足
就會發現——
火苗的炫麗，
涓水的活源；

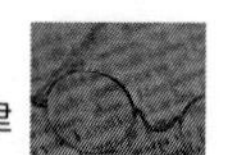

藉以走出
美好喜樂的道路。
時者聖也！
期約一個美好的家國，
Someday，Someone.

序文

有人咬著金湯匙降世，成為群倫領袖，縱橫天下；有人窮苦貧戶出身，躍登國之大位，權握國計民生。另一方面，君不也看到紈絝敗家子、飢寒起盜心等令人扼腕的圖象？是造化作弄，還是英豪不羈？在價值多元發展的潮流中，呈現群雄並起、群小亂舞的社會百態。有云是才高八斗者，或高瞻遠矚、正本清源，或結黨營私、奸巧取寵；有云是創意十足者，或讜論宏圖、獨領風騷，或口沫四射、裝腔作勢；有云是市井村夫者，或安分守己、平實自在，或捕風捉影、隨波逐流。雖說是非得失，大眾自有風評，功過善惡，歷史自有公斷；然而，「一點一滴耕耘，一步一腳印」的紮根文化，和「一步登天、一夕成名」的速食流風，是不同的。一路下來，有人走得充實怡然，有人走得坎坷跌撞！如何走出豐盛美好，正是吾人關切的課題。

陳忠照

——從溫良恭儉讓，到信望愛謙能，沿路上不論是身心靈的調和修為，或是天地人的共鳴感應，在在增益為人的信心，活化處世的謙容，以及敬畏超越常人的大能。這本書是不同層面生命領域躍進的軌跡，在當今價值紛歧的社會，與你分享活出充實、活出美好的生活園地。

——人，像一只杯子，或多或少，神都會在裏面注入賜福的聖水；同時，也在杯中留有空間，讓你有機會與神同工發揮。人生，像一面明鏡，你笑，他就笑；你哭，他就哭。要有微笑幸福的人生，你總得先是笑容盈盈。在變遷動盪的時代，聖杯和明鏡，讓人活出平安，活出喜樂。這本書正是「杯與鏡」心領神會的體驗，鋪陳平安、喜樂的生活途徑。

萬丈熊光，起於星星火苗；浩瀚江海，源於涓涓之水。本冊子重點既不在做詩，也不在填詞，而是一位科學教育、師資培育的園丁，多年來，以簡約的詞句，自然的音節，敘事、抒懷的紀錄，期許、見証的歷程。文中字句，或安身立命的體認，或進退沉浮的拿捏；有儒家人文的色彩，有釋道修持的光影。然而，當聖賢高士，和大眾凡夫一致地，謙卑地把一切榮光聖潔歸於全能的神明，當完美、至善、公義的意識力量隱隱浮現，怎不令人深深懾悟於人的侷限和信望？怎不令人深深感動於神的慈愛與恩典？從書中每一章節詞文所標示的寫作歲月，可以看到一個人心路運轉的流程：挫折中有成長的喜悅，起伏中有寄望的溫馨，啟示中有應許的信靠；生命的旅程，固是「一枝草一點露」也。基本上，生活是整體性的，不論是取捨應對，是言行思惟，都是環環相扣、脈絡可循，不易切割分列。為了閱讀方便，類比相應，把書的內容區分為六篇，立身處世乃做人根本之道，首列為第一篇「端己立身篇」以及第二篇「敬事處世篇」；家庭與事業係個人生活的兩大重心，分別放在第三篇「安居務本篇」和第四篇「樂業進取篇」；第五篇「感時篇」是感念於時光的飛逝、時局的變幻，第六篇「感應篇」則在反應身心與聖靈交感的悸動。在字裏行間，讀者或會心一笑、或精神一振，我們感謝你；或低頭沉吟、或有話要說，我們珍視你；或片刻寧靜、或滿懷祥和，我們祝福你。有云千里之行始於足下，在你面前的隻字片語、弦外神韻，我們期待你找到火苗的活力、涓水的泉源，激發燦爛的浪花、燃放璀麗的光芒，藉以譜出美好的生命之歌，邁開美好的人生之旅。

生命的旋律，豈止於吟詠，主重在體現實踐。當然，面向不同，剝析自是有異；歷練不同，領悟會有出入。惟文以載道，理則通濟，尚祈賢達高明，惠予指正至感。

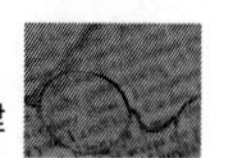

數著念著，倏然，吾母逝世即屆十年，收纂〈悼母文〉和〈北師之緣〉二文於附錄，敬以此書紀念母親，感恩追思也。

二〇〇六年十二月

目次

第二篇 敬事處世篇

第三篇　安居務本篇

第四篇　樂業進取篇

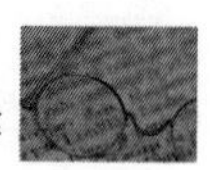

第五篇 感時篇

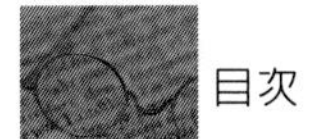

第六篇　感應篇

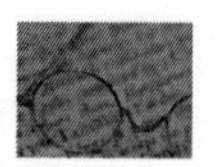

附錄

第一篇

端己立身篇

路

待人以誠，
任事以勇，
治學以勤，
處世有節。

一九八八年六月

何爭之有？

智慧，足以看清事理；
氣度，足以容納他人；
行止，足以切中禮節。

易經繫辭有斯言：
知崇禮卑，
崇效天，卑法地，
天地設位，而易行乎其中矣；
成性存存，道義之門。

一九八九年九月

養正修善

才、學、識、心、力，
立身內在五元素，
靜養正氣。

人、事、物、地、時，
處世外在五元素，
動修善果。

一九九六年九月

天地探祕

舉動，果真——
纖細柔弱猶似水？
細察，乃是——
堅韌剛毅神志匯！
極深研幾，遂見——
寧靜祥和存精髓。

一九九八年五月

養身之道

立天地之間，渾然忘我；
處群己之際，了然無私。

一九九八年六月

當下

鍾愛所擁有，
觀享每分時刻，
當下最美。

豐富哉人生，
奉行隨機善緣，
大我是岸。

一九九八年十月

數命之議

爭一時，或爭千秋，
固境界不同也！

數之所在，
理不得而奪之，
非其理，固不得奪之乎！
命之所在，
人不得而強之，
非其人，固不得強之也！

一九九九年元月

怡乎獨

瀏覽群書，
與古人對話；
徜徉自然，
與神明通會；
浸沐寧靜，
致心靈昇華。

二〇〇〇年十月

童心

鐘鼎山林各有天性，
進退沉浮各依天時。
無得無失笑見白髮，
無成無敗戲捻童心。

二〇〇一年八月

太極之拳

太極者，
陰陽相倚，
賦形萬物，
理貫天地。

太極行拳，
一舉一動，
循天之韻，舞之舒之，
立地之軸，蹈之凝之，
沛然，小無內，大無外也。

二〇〇二年元月

空淨道

人生於世，萬物並陳，
擁——
陽光、空氣、水，
幸之至矣，豈可天地之怨？

人立於世，反躬自省，
秉——
平安淨身，歡喜淨口，慈悲淨意，
知其命爾，焉有人我之尤？

人處於世，俯仰無愧，

行——

道之人以謙善，

道之歉以保全，

道之別以祝福，

得其所也，尚問餘乎？

二〇〇三年三月

健身四式

前後左右志四方，
誠勇勤節；
頸肩腰膝足五旋，
溫良恭儉讓；
上中與下概三全，
身口意俱淨；
頂天立地一元首，
道一貫之。

二〇〇四年十二月

立身指南

圓融福慧循三才——
立天之道，陰與陽，
立地之道，剛與柔，
立人之道，仁與義。

圓滿吉祥依三淨——
平安淨身，
歡喜淨口，
慈悲淨意。

二〇〇五年二月

自在行

人生生老病死，
是三千煩惱絲，
抑是三億因緣會！

斷滅煩惱絲，
添福因緣會，
在於觀自在行——
感恩積德耳！

世稱天地人三界，
感天界恩，

感地界恩，
感人界恩，
煩惱無處生。
人含身口意三業，
積身業德，
積口業德，
積意業德，
因緣福自得。

二〇〇五年三月

定vs.不定

是非善惡，
乃核心價值，需分明；
輕重本末，
涉個人好惡，有分際；
先後緩急，
因環境變數，可權宜。

人心侷限有猶疑，
神諭敬服乃依歸。

二〇〇六年三月

河邊晨雨的洗禮

時而輕灑，時而驟至，
澆在臉龐，淋在腳趾，
濛濛中，
遠山近樹，河水漣漪，
倏地是一片清新飄逸。

信靠神的至愛，
是一個充實美好的神子；
頌讚神的恩典，
許一個平安喜樂的家園；
榮耀神的權柄，

塑一個公義豐美的社稷。

壞的去，好的來，
惡的去，善的來，
邪的去，正的來，
劣的去，優的來，
這是神領新生的歡喜。

二〇〇六年四月

明天會更好

善用你的時間，
善用你的金錢，
善用你的感情，
果如是，可信
明天會更好！

何謂「善用」？
敬畏神明，泰然心清。

二〇〇六年五月

三育感懷（一）

信步綠蔭情人道，
喜逢白鷺揮手早，
捲尾追逐低聲唱，
山嵐薄紗層巒繞。

夫婦親子友相邀，
三育學園蒙榮耀，
聖靈啟示新起點，
八律健康人人好。

二〇〇六年六月

三育感懷（二）

好山好水好地方，
生命生機生力旺；
聖靈牧養天然素，
健康人生NEW START。

二〇〇六年七月

第二篇

敬事處世篇

樂天知命

謀事在人，成事在天；
得失由人，禍福由己。
有道是——
讓一步路，保百年身，
退一步想，見萬里晴。

一九九五年九月

心力相容

愛心、耐心、信心，
心連心。
實力、努力、毅力，
力接力。
笑容、儀容、包容，
容益容。

一九九七年二月

惜緣

晴雨榮枯，
俱見天意之美；
春夏秋冬，
都是福田之幾。

一九九八年八月

春遊

・北師同窗，結伴台北土城遊。

油桐花綻，遍山五月雪；
天韻聲潺，滿谷四季香。

一九九九年五月

人生3＋1部曲

・人的生命歷程，基本上是三大階段，另加一個尾聲。

前三個階段每一段約二、三十年之期，第四階段尾聲則長短不一。

時間長度或有出入，階段順序則多相符。

一是生長期，猶海綿，

勤學進取，習禮明理。

二是生活期，猶金玉，

切磋奮發，己立立人。

三是生命期，猶星光，

不居不求，輝黯怡然。

尾聲的生死期，猶風燭，
不怨時不我與，
猶喜風中傳奇緣。

二〇〇一年三月

空與實

放空，
如屋之窗，之門，
乃空之悟，
可容，可成規模。

踏實，
如河之橋，之堤，
乃實之義，
可通，可成阡陌。

是空是實，君可見——
心之美，
氣之順，
行之得宜矣。

二〇〇一年六月

淡水夏夢

說是勝地，攘攘熙熙，
嘀、嘀、嘀，捷運車行頻頻，
沙、沙、沙，人潮蜂擁營營。
街頭素描聚神，
河岸草坪留影。

誰示意？
晚風和煦，輕拂波光，
夕陽火紅，遠掛樹芒。

怎奈是——
孤鷺振翅怯無力，
伊人在東日在西。

二〇〇二年七月

暨大清晨行拳太極

・舉辦暑期科學營，寄居南投暨南大學學人會館三天。

青青草原，白鷺漫步，
默默層巒，銀紗飄忽。
枝頭捲尾，昂首清唱，
迎晨曦；
花叢蟲蜂，群譜樂章，
催朝露。

手起足攝，動靜凝氣；
掤攦擠按，太極屏息。
嘸……

二〇〇二年八月

莫測

錦簇櫻樹齊綻放，
怎地倏然滿地淚痕？
皎潔明月共清歌，
那堪烏雲肆意鯨吞！
世事波折誠莫測，
靜思潛修，水淨氣清。

二〇〇三年三月

生是寄

人生如旅程，紛紛擾擾，
惜的是攜手共遊伴侶。
人生如戰場，風風雨雨，
念的是並肩作戰伙伴。
人生如戲，虛虛實實，
詠的是同台銘心衷曲。
人生如夢，真真假假，
縈的是比翼雙飛蝶衣。

人生，
是有限的時間，

卻有無限的空間，
貴乎走過，或是擁有？
貴乎一時，或是千秋？

二〇〇三年四月

曲高之歌

天地為宅，正氣賦形，
偉哉壯闊山河，
果是萬事俱足。

日月為伍，精華挹助，
悠哉神盈太虛，
豈有孤伶之呼？

二〇〇三年六月

龍之行

達，
飛龍在天，兼善天下！
窮，
潛龍在田，獨善其身。

二〇〇三年十一月

良師益友

大自然，
最美的圖畫，
最美的樂章，
蘊寓最美的哲理，
誠是——
最佳益友。

時間，
時者聖也！
易傳：窮則變，變則通，通則久；
變通者，趨時也，

變而通之以盡利。
趨時盡利，
乃最佳良師矣！

二〇〇四年元月

創意有辨

教育當局，誓言營造
創造力國度。
做到什麼程度，
夫子心裏有數。

「述而不作，信而好古。」
導致——
後人缺乏創作創新緣故？
「不知而作，我無是也！」
胡作亂語者，
美之名創作十足？

能不為戒！為忤！

「多聞，擇其善而從之。」

多聞，合其益而作之！

肉麻當有趣、胡搞稱創意，

當有省思！

二〇〇四年五月

一沙一世界

一草一木都有生命，
盎然滋長展生機；
一沙一石都有感情，
默默道說喜相逢。

二〇〇四年六月

因緣果報？

人有禍福，
事有成敗，
物有得失，
古今莫不盡一切力，
究其因，窮其理。

歸之於命運者，
或藉星相占卜，
或託裝神弄鬼，
未解命運乃是——
反應性格的本色，
輔之機緣的際會。

歸之於自身者，
有自大，睥睨一切，
有自責，無地可容，
當知世事繫於——
才能的發揮，
以及時勢的趨動。

三世因果，綿密相扣？
養正修善，焉非人之本分，
聖潔喜樂，固是神之恩寵，
是乎非乎，迷覺有別！

二〇〇四年九月

凡人樂

一言興邦喪邦，
幾人？
一笑傾國傾城，
幾人？
一怒威攝天下，
幾人？
一字千金難求，
幾人？

吾凡人也，
一笑一語，

誠之意，歡樂人間；
一動一靜，
清之心，怡然人生；
凡人是有福了！

二〇〇四年十月

覺

鴉雀聒噪過，
老僧禪中坐；
天韻琴聲起，
萬物歸靜默。

二〇〇五年八月

歸零

能斷習氣乃能清，
能捨名利乃能省，
清者悟之門，省者覺之階。
能戒邪惡斷是非，
能施善德去愚私，
此心可悟，此性可覺。

斯人者——
虔信敬神，
安居事親，
歡喜善行。

二〇〇五年九月

世之行者

「牽」就良善世之禮俗，
「成」就聖潔神之國度。
信靠、善工、盼望、成就，
生活之軸線也。

二〇〇六年端午

第三篇

安居務本篇

龍之吟

吟水龍，水中月，
真真假假，虛虛實實，
念它做什？
沉潛水匯之中，天厚至矣，
還需問什麼放下不放下？

悠遊於內外觀之際，
靜養正氣，動修善果，
怡然自得，夫復何求！

一九九八年十月

坐臥行住

安居進學，福慧盡在其中；
明理有禮，道喜自是圓滿。

一九九九年元月

夜宿沙崙

擁衾高臥，
細數繁星入夢。
道是夜深，
怎奈——
遠處雞啼報天明。

二〇〇〇年元月

晨星

夜幕，厚厚地，重重地低垂，
褪去喧嘩，遠離光害。
滿天星斗，悠悠天籟，
譜的是——
祥和的晶瑩，寧靜的忘懷。

會是誰？
又悄悄掀啟天幕，
市集紛擾，升起
一日的活，冉冉再現。

孤寂晨星，依戀在天際，
有失焦的殘淡，
有無語的嘆息。
然而，它傳遞——
是一份堅持，
星空長在，信誓不移。

二〇〇〇年十二月

婚前婚後

婚前，
是科學的，
認清事實，理性看待，
可減少懊惱。

婚後，
是宗教的，
完全信賴，推心珍愛，
固是頌美好。

蓋婚姻者，
神聖喜樂也！
攜手一體，託付終生，
扶持相倚。

二〇〇一年二月

一樹的翠綠

一樹的翠綠，
雖是烈日浸炙，
益見綠意盎然。
枝葉纖細，
雖逢強風摧拽，
仍是優雅自然。
樹幹挺立，
雖有雨水沖刮，
猶是堅毅昂然。

凝聚一片的寧靜，
凝聚一樹的翠綠，
矗立天地嫻然。

二〇〇一年四月

山川話語

山川逗陣，鳥蟲和鳴，
傾聽——
天地風雨低訴，
綿綿款款。

挑燈夜讀，跨世感應，
領會——
古聖今賢細語，
諄諄殷殷。

二〇〇一年五月

萬籟

萬籟俱寂，
是六月夜空，
滿天星斗，顆顆晶瑩，
可數得清？可寄了情？

挺立輕抒，
是小葉欖仁，
一樹的綠，片片碧青，
可數得清？可寄了情？

二〇〇一年六月

孤影

竹下掩徑葉飄零，
寺檐依稀指迷津。
一步一杖雲深處，
悄然暮色上禪心。
夜半空谷猶躑躅，
莫笑伊人邀月影。

二〇〇一年十一月

淡江暮色

絲絲兮落日餘輝，
幽幽兮天籟低吟。

兩岸，華燈初上，
河道，彩色光柱，
紛紛上演，迎爍爭映。

一縷殘霞餘韻，
默默望著大屯觀音，
暮色中，
天隅獨黯然。

二〇〇二年六月

淨齋居（一）

靈歸道門，
道光道水，俱傳道理，
空心空體，俱呈空相，
當下最美。

人寄淨齋，
淨身淨口，俱足淨意，
神許——
來日會更好。

二〇〇三年五月

淨齋居（二）

福聚街，
靜伴河粼，晝夜如斯，
稻埕吐芬芳。

淡水城，
隱踞虎崗，風雲依舊，
學府傳薪香。

淨齋居，
煮茶輕嚐，笑談古今，
山川繫道心。

二〇〇三年五月

家書

寄語子弟，
正為圓心，善為半徑，
正，有無私之義，
善，有利眾之美，
可繪出美好的生活圈。

寄語子弟，
智有高低，心分公私，
物有好惡，勢分強弱，
人物固有其天性，
立天地之間，

內無愧於心，
外無傷於人，
乃曰率性謂之道！
人生，事有順逆，論有起伏，
成敗涉形勢，惟得失存乎心，
褒貶在於人，惟禍福蓋由己。

寄語子弟，
安身立命，
貴在兩端兼具——
包容的器度與立身的本事。
明理有禮，
可體會包容的喜悅，
有量有福也！

安居樂業，
可增益立身的知能，
有守有為也！

正為心，善為徑，
達，兼善天下，
窮，獨善其身。
吾在茲念茲，不知如何言喻，
願終生奉行——
「正心善徑、敬神愛人」
以示吾家子弟，謹共勉！

二〇〇四年六月

語良仔

昨夜，分享新電腦宜蘭路圖標地，
途徑蜿蜒，模擬車行前進，
雖偶見路標的歧異，
溫馨的是同舟共濟。

多年來，或有誤解，或生疏離，
實錐心之痛底。
汝等乃吾生之所寄，
怎忍心——
擬予激勵，竟生困地，
擬增活力，竟成壓力！

吾當妥言善行，
無辜負父子情誼。

天地間，月有圓缺，事有順逆，
手指伸出長短迥異，
個人專長發展不一；
立身處世之際，
順境，乃分享的時刻，
逆境，是成長的契機。
你素誠信溫良，盡人事可矣，
褒貶成敗，不須太在意！

我有一個夢，
闔家把盞言歡，安居樂業，
大地風調雨順，安和樂利。

二〇〇四年七月

給元仔書

傾聽巷道機車喀喀，
倚門望歸，屢有誤判的失落，
正笑是耳朵眼睛俱老弱——
咔然一聲，大門推開，
喜見回來，竟說不出口！

工作已是繁劇，
心務本多紛歧，
安忍一份關懷，變成囉嗦非議？
憶兒時，
親子相攜，草木相迎，

藍天共話，白雲逐嬉。
那次野犬逞兇，脾焦心急，
一句「爸爸放心」，令老淚汨汨。
如今汝等初見羽翼，
怎堪根葉相背，相對無語？
幾何時，
兩代間，
怎堪如此生澀、疏離？

斯人老矣，
話，或不得體，或不得宜，
惟懸念期許，且留一語——
「天地設位，萬物化生，
物健因勢循性，人貴卓然志立。」

吾家立身處世，
固以溫良誠信相砥礪，
內無愧於心，外無傷於人，
俯仰坦然，天人何疑？
吾兒素明於理、勤於事，
「敬業樂群」誠然可貴，
猶請莫忘「安居樂業」稱義。

斯人固是老矣，
仍會本著「尊重、關懷」，
做斯人的核心鵠的。
加油，並祝福
平安如意。

二〇〇四年七月

送良仔宜蘭任教

淡水啟程洲美道，
高架南行追晨早，
揮別大屯，
揮別觀音。
稻埕北指和平島，
車流奔馳中山高，
掠過南港，
掠過八堵。
時東時南東北角，
2線頭城循路標，
輕拂碧砂，

輕拂貢寮。
濱海景色公園巧，
礁岩星佈綠波躍，
右依層巒，綿延千里，
左攬汪洋，盪漾萬頃。
大地一沙鷗，展翅鵬程，
神佑吾兒，海闊天空。

科學童玩行，兒童成長營，
親子逍遙遊…
好個多彩暑期活動。
車子上路就是向前衝，
人文國小展現人本理想，
政策掌握，資源規劃，

學校主事自有心胸；
個人，克責克勤，
團隊，群策群力，
乃成長、成熟的見証。
惟再忙，莫忘偶而——
抬頭望一望，飄逸的山嵐，
低頭聽一聽，草木的蟲鳴，
回頭看一看，二老的顧盼，
共享一片心靈的福地。

人生，多跌跌撞撞，
有時，跌出痛楚的創傷，
有時，撞出燦爛的火花。
任事，有順有挫，

凡人，有毀有譽，
請記著它——
家園的支持，親人的祝福，
不論有話，或是沒話。

歸途，
已是低垂夜幕，
山影幢幢，海水默默。
臨海沿岸，
幾時已鑲上串串明珠，
迤邐晶瑩，蜿蜒引路。
黑漆無邊的水域，
點點漁火兩三處，
白熾燈光全面開，

各據一方，堅守、駐足、等待！

此時，
一輪斗大明月，
圓滾滾，金澄澄，
自水平線探頭，徐徐升起，
一臉永恆的凝望，
燃起永恆的希望。
耳際時而響起，
柔柔的天籟——
志在四方，闔家言歡，
志在四方，闔家言歡！

二〇〇四年八月

天黑了沒有？

天一亮，
都是坐上爸爸的車子，
記得只有那麼一下子，
就看到外公站在路旁那邊，
手揮揮，臉笑笑！
我已經兩歲半，
知道媽媽坐月子，
知道爸爸要上班，
好給我小點——
買圖書，買奶粉，
買玩具，玩跳跳！

喔，爸爸要抱我下車了，
「爸爸，早一點來接我喔！」
路好像高低不一樣，
搖搖晃晃跑向外公，說早，
雖然，好想好想
爸爸媽媽抱抱。

外婆，我們來玩哈姆太郎！
可愛的黃金鼠玩具，一個一個
我把它排在桌子上，
一、二、三……二十、二十一，
咦，少了一個，
哈，原來是瑪拉躲起來！
外婆，我們再玩一次躲貓貓，

看是誰又躲起來，
真好玩喔捉迷藏。

我已經兩歲半，
知道M和W不一樣，
知道b和d也不一樣。
外公，我們來玩氣球好不好？
哇，氣球在頭上抹一下，
可以貼在門窗上，
哇，蘋果氣球好漂亮，
blue，yellow，green…
看，可以當燈籠掛！

我已經兩歲半，

知道不哭才能找爸爸，
知道吃奶才有力氣找。
外公，外婆，
我們還可以玩什麼啊？
天真黠慧的小眼球，
突然往窗外的天空望，
「外婆，天黑了沒有？」

外婆，我們到塔城公園玩，
去等爸爸來接我小點。
走，走，走走走，
我們小手拉小手⋯
公園的兒童遊樂場，
娃兒步伐猶是跌跌撞撞，

一會兒盪鞦韆，小心喔，
一會就溜滑梯，趣味昂。
鞦韆滑梯的輪廓，
漸漸消失在華燈初上。

外婆，天黑了，
我要去找爸爸！
走，走，走走走，
我們小手拉小手⋯
走回外婆家，
差一點哭出來，
怎麼爸爸還沒到？
「爸爸快下班了，就來接你回家。」
是外公在屋內的聲音：「到裏面等爸爸。」

「我要在外面等爸爸。」

夜幕緩緩拉下，
幾株盆栽，
錯落在門前騎樓，
整個都沉寂下來。
是沒有落日餘輝的時光，
外婆輕聲哄著，
小點枯立在門廊中央，
望著巷口，等著爸爸的身樣。
小公主、皮卡丘都不見了，
只有幾寥觀音棕竹，
細葉的低垂，
只有一絲夜蚊嗡嗡的回響。

「天黑了，爸爸你在那裏？」

二〇〇四年八月

元仔啊你可知？

拎便當，兼早餐，
早出晚歸，行色匆匆，
何其辛勞，令人低頭神傷！

幾何時，歲月長，
萬物繽紛，陰影隨形，
獨撐重擔，眼底情何以堪？

談事業，論修身，
泉水有源，枝幹同根，
編織世界，俯仰心安為尚。

憶往日畫迷宮，
遠洋孤舟，一片茫茫，
片紙隻字，引出熱淚奪眶。

拖地板，清衣物，
熱菜二三、倚門期望，
但求早歸，晚飯把敘言歡。

二〇〇五年元月

清明夜思

當我有了時間，
可以在家相依，
吾母聲音卻已沉寂；
只能是——
緬懷慈祥的容顏，
徒留樹欲靜的嘆息。

當我是成了年，
可以把酒暢歡，
吾父音容竟已模糊，
只能是——

惦記依稀的笑靨，
空有子欲養的長歎。

年已耳順甲子，
會好好珍惜這個家，
請保佑兒媳，
請保佑兒孫，
感謝保佑我們這個家。
絲花朵朵，懷思綿綿，
祝福おどうさん，祝福阿母，
期待來日相聚！

二〇〇五年三月

年輕人，請聽聽

公事忙，
私事忙，
相信不致於心茫茫。

不是管，
也不是不管，
相信人際貴在一份關懷。

佛說身口意三業，
各有它的業力；
贈語三業淨，

平安淨身，
歡喜淨口，
慈悲淨意。
相信神會賜福你。

二〇〇五年七月

黃昏

「外公，太陽小一點了嗎？
我想去玉泉公園玩耶！」
『現在是兩點多，太陽正大的，
晚一點再去。』

「你看，外公，現在太陽小點了！」
三歲半的小女娃，仰頭看一下天空，
時而用力踩，時而不經心地踩，
踩著Hello Kitty小腳踏車，
外公陪在車子邊喊著一二，一二！
到底才學了兩個多月的車子。

「咦，外公，怎麼車子會倒退？」
『踫到斜坡，你要用力踩的！』
幾乎是挺起身來踩，
外公在後面用腳尖頂著輪子，
「看，我騎上來了！」
紅紅的笑靨綻開著。

經海關大樓，
過塔城公園，
右轉市民大道，
在中興醫院院區大樓俯視下，
一二，一二，一二，
人行道的身影慢慢抛到後方。

「是綠燈了，加速前進！」
小車子和小綠人競跑，
跨過西寧北路口，
「玉泉公園到了耶！
怎麼沒有小朋友呢？」
兒童遊樂場的設施，
靜靜地被四周的綠地
擁抱著。
平頂玻璃牆的溫水游泳池，
兀立在公園北側，
時而透露一絲夏季的清涼。

「蟬聲好大哦，我們到草地上找找小動物！」
「我出個謎題給你猜喔！

有一種動物會在地上爬，
它的背上有一個殼；
我再告訴你，
碰到它的時候，它的觸鬚就會縮到殼裏去！」
『我知道了，是蝸牛！』
「叮咚，猜對了！」
「外公，你看，有小朋友來了耶！
我去跟他玩！」
在滑梯下，在搖搖椅旁，
一下子聚了三、四個小朋友，
兩三分鐘的比手劃腳，
嬉笑聲就傳開了，
夾雜著大人喊著小心的聲音。
『小點，有小朋友要借腳踏車！』

「好啊！」帶著奔跑的呼吸。

漸漸夕陽跨過堤防外，
慢慢涼風竄出來，
偶而草坪上的八哥，也加入孩子的追逐。
小娃兒突然抿著嘴，眼睛泛著淚光，
低著頭從草坪上頭蹣跚走來，
『怎麼了，小點點？』
「我去找那邊的哥哥姐姐玩，
他們很凶，叫我走開！」
『沒關係，外公抱抱！
碰到不喜歡和別人玩的小朋友，
你還可以找外公玩呀！』說著，
已是走到單槓旁，

「外公你看，我會吊這個耶！」
小娃兒拉直的身子，
兩隻腳不服氣的擺動著，
『這是單槓喔！』
孩子的淚痕一下子就被風吹乾了。

『天快黑了，該回去了，
外婆正準備為你洗澡喔！』
「但是，我還沒有玩夠耶！」
『再玩一種就好，好嗎？』
小娃兒跑過去，拉起鞦韆
「外公，幫我推一下。」
緊緊握住鞦韆的鍊索，
要好好把握這段時刻似，

「外公，我們回去吧！
小朋友再見耶！」
小娃兒跨上小腳踏車，揮揮手。
真的，就是再玩一種就回去！

踩著腳踏車，一二，一二！
雖是滿身是汗，
徐徐晚風，陣陣清爽。
『我們來比賽，看誰跑得快！』
小娃兒鼓起氣來，
「加油、加油！」向前踩，
「外公，加油，你輸了。」
『哇，外公老了，跑不動了！』
「沒關係，來，我牽你走。」

小娃兒一手按著手把，
一手舉起拉著外公，
單手騎車是兩個月來第一遭。

下班時刻的喧嚷，
突然靜了下來。
整個人行道似乎只有祖孫二人，
身邊和著小腳踏車噹噹的低唱，
天際有一抹橘黃的晚霞。

二〇〇五年八月

天家

神是道，
道者何？榮光也！
神是光，
光者何？公義也！
神是義，
義者何？至愛也！
神是愛！

神者，道、光、義、愛，
信靠、信服、信行者，
神必應許一個聖潔的家：

善良、恩慈，
平安、喜樂！
感謝天父的恩典！

二〇〇六年八月

第四篇

樂業進取篇

教育人，百折不捨

一種米養百種人，
教育乃百年大計，
良師者百戰雄師，
百尺竿頭更進步，
春天到來百花開。

作育良才，契而不捨，
愛與榜樣斯可栽。

一九九〇年十月

所學何事

學而有識，見創意，
識而能明，辨曲直，
明而能行，重實踐，
行而能省，可遷善，
省而能清，滿歡喜。

一九九五年五月

親子科學教育宗旨

格物明理，
行止有禮，
探索創意，
包容歡喜。

一九九八年七月

贈語即將為人師者

教育是？對個人而言，
或增長知識，培養能力；
或擴展氣度，提升品格；
或行為改變，變化氣質；
或……
有言，教育是——
心靈的雕塑，
雕塑一顆——
喜悅、充實、良善的心靈！
您說呢？
師資學府，以前是，現在是，

相信未來也是，
有許許多多的師長同學，
不斷的努力，默默地耕耘，
展現師範生的樂觀進取。
親愛的伙伴，即將
邁出校門，飛越彩虹之際，
您是擁有
滿滿的祝福，殷殷的期許。
忙碌竟日，或談笑風生之後，
何妨靜坐下來，
靜靜傾聽——
人聲車聲，
風聲雨聲，還有那
直扣心扉的天韻之聲。

寧靜中，您會體會到

美美的師範情、教育愛，

美美的喜悅人生。

謹馨祝

二〇〇〇年五月

千禧校慶

・逢國立台北師範學院一百零四年校慶，撰對聯乙幅。

人才薈萃，
北師校慶同歡；
世紀稱雄，
千禧願景揚帆。

二〇〇〇年十二月

迎新

・二〇〇一年北師新生入學輔導活動，撰對聯乙幅。

北師大家庭，
新秀喜相逢；
芝蘭e世代，
群英創高峰。

二〇〇一年七月

馬來西亞行

紅絲帶，紅絲帶，
繫在旅程上，繫在旅行袋。
台灣飛ＫＬ，西馬到東馬，
咕咕嚕嚕，行李轉盤，
行囊壘壘，獨見斯光彩。

大紅花，燈籠搖曳慶馬來，
大王花，向陽稱霸舉世誇。
高歌活力新亞洲，
攜手群族創生涯。

紅絲帶，紅絲帶，
縈繞心路，縈繞胸懷。

二〇〇二年九月於古晉

晨語

陽光有約，煦煦兮晨曦，
清風徐來，古今兮通氣。

朝露普施，大地滋潤，
起程足下，行旅千里。

可記得——
於春，一年之計，
於晨，一日之計。

二〇〇三年二月

下知有之

老子話語：
太上，下知有之；
其次，親之譽之；
其次，畏之侮之。
猶其貴言？
功成事遂，百姓皆謂我自然。

當下最美，何需戀前盼後；
在下本分，怎可推前諉後；
天下為公，切忌剎前削後。
下知有之，

主動進取，開創美好豐厚，

功成事遂，時機自然成熟。

二〇〇三年十月

真丈夫也

山高不礙彩雲飛，
有信心爭取成功，
捨我其誰！

形勢比人強，
有勇氣接受失敗，
雖敗猶榮。

二〇〇四年元月

教育一隅

教育實習，不止於「教學」實習！
在師資培育中，除了教學能力，
行政、活動、輔導、起居，
都是吾人體會沉思的領域。
三週駐校教育集中實習，
師生的互動，人際的相處，
教學的實施，校園的倫理，
校務的規劃，意外的處理，
都是師資培育成長的園地。
北師，以前的，現在的，
許許多多的師長、學生，

莘莘耕耘，殷殷努力，
以維護集中實習制度於不墜。
實習國小的師長、家長，
關注地、熱忱地，
提供年輕學子的學習環境，
五十年來，駐校教育集中實習，
成為師資養成獨樹一幟的機制。

任何實習制度，
培育出來的學生，
固然都是有良有窳，
惟比例、層次有異。
駐校教育集中實習，
三週內，7-Eleven師生相隨，

上學中，下課後，
共同體驗工作內涵，
暨教育精神。
肯定的是——
它營造最多的成長良機。

變動不居，趨時盡利，
在社會的變遷中，
我們贊成制度改革。
惟是制度成規不好，
抑或人為品質不良，
需先釐清。
我們贊成注入教師新血，
惟是專業長才排課，

抑或淪為鐘點配課，
需要釐清！
在教學實施裏，
是要尊重學生，
怎堪降低學習品質、敷衍從事？
焉無課程目標要求！
是要教學自主，
更盼的是——
在高學位的光環下，落實養成，
豈止於眩目恣意？

駐校教育集中實習制度，
當今老幹凋零、新枝輩出之際，
創新，

和傳統一樣，不見得都好；
傳統的根基，
創新的前瞻，
本是相輔相依，乃
可望體制的充實，水平的提升。
倘或默守成規，或空唱創意，
先受其害，未見其利。
徒言維持制度，或創新變革，
已無意義矣！

二〇〇四年元月

堅挺在夢中

夢說設帳授徒，
稱做親子科學塑心課程。
話說緣起，
　處處是好地方，
時時是好時光。
萬法繫乎心造，
可循親子科學發揚！
列敘目的，
　分享快樂的科學遊戲，
許一個快樂的童年。
塑一個美美的心靈——

明理有禮，創意歡喜。

誰來參與？

關切孩童的中小學教師，暨

熱心親子溫情的社會人士。

活動方式，

小班活動研習，

個別實際操作，

並安排慈善機構成果分享。

一期七週十四小時，

假稻香淨齋好實施。

課程概要，

錢幣之旅，繼

紙張的玄機；

筷子與杯子共舞，

保特瓶與試管天地。
墊板的動與靜，
氣球之娛，以及
創作與分享兮。
道是夢囈？
時不我與？力有未及？
是理想？是冬烘？
道是——堅挺
在夢中！

二〇〇四年四月

三規文化

規劃，要完善宏遠，
規定，要遵守尊重，
規範，要省思創新。
上下進取謙恭，
事務蒸蒸向榮。

二〇〇四年八月

天人通濟

天工豐繞，人巧洞機，
看現象，明理有禮；
開物成務，天人通濟，
行志業，安和樂利。

二〇〇四年十一月

致盛鮮師的風采

五多鼓舞，
多一份笑容
多一份掌聲
多一份關懷
多一份溝通
多一份榜樣。

三道途徑，
一道快樂
一道創意
一道與人為善。

二〇〇五年八月

服務替代領導

「格物、致知，誠意、正心，
修身、齊家，治國、平天下！」
大學之道，
鼓舞多少慎思明辨，
激發多少豪情壯志！

然而，且看多少人，
託詞國家社稷，浸淫爭權奪利，
玩權謀致腐蝕，
竊名器遂私欲，
掌權後，隨之變形、剝離！

可是治平出了問題？

何況，

有多少國可供「治」？

有多少天下可供「平」？

君可見——

「格物、致知，誠意、正心，

修身、齊家，服務、分享！」

善哉，志業之道也。

二〇〇六年四月

一枝草一點露

從溫良恭儉讓，到信望愛謙能，
一枝草一點露，
焉不敬畏
普施甘露的造物主？

在人生的旅途，
且定心下來，
駐足放目，
就會發現——
火苗的炫麗，
涓水的活源；

藉以走出
美好喜樂的道路。

二〇〇六年五月

座右銘三部曲

「敬業樂群」：樂觀進取，與人為善；
謀「外在的肯定」——
揚帆千里，遂盼顧自雄？
困頓挫敗，遂怨天尤人？
「安居樂業」：孝悌忠信，克己復禮；
期「自我的肯定」——
堅固核心，磐石安在？
人有侷限，事有因由！
「正本清源」：信望愛行，敬虔順服；
求「神的肯定」——
至愛大能，賜福平安，

榮耀歸神，成就天家。

心比身大，
潛力有望，禍福相倚；
神比心大，
聖靈無所不在，無所不能，
敢不敬謹奉諭？
從物質的科學領域，
自人文的道德領域，
進到救贖的屬靈世界，
不正是生命昇華的軌跡？

二〇〇六年八月

酒語進行式

水滸階段——
豪氣干雲，引杯痛飲。
曹氏階段——
人生幾何，對酒當歌，
何以解憂，惟有杜康！
吳氏階段——
傷年華易逝，那堪美酒當前。
陳氏階段——
酒膽酒量殆消盡，
留待酒識話當年。
「水水」的境界——

一壺「水」酒喜相逢，
古今多少事，盡付笑談中。

二〇〇六年八月

Peace之戀

Peace in mind，心靈平安；

Peace in home，家庭和好；

Peace in society，社會祥和；

Peace in world，世界和平。

二〇〇六年十月

第五篇

感時篇

與時偕行

細品晨暉，
靜觀——
葉際舞春風。
攬眺夕陽，
笑談——
人物偕時行。

一九九八年七月

訪土城國小有感

．三、四十年前，以師範生身份在該校教育實習。
三年前，以師院老師職帶學生駐校實習。
今再訪，校園林木亭亭，不禁歲月之嘆！

濛濛細雨，
小葉欖仁，
挺拔的，昂揚的，
聳立依然，
可留有歲月痕跡？

悵然秋風，
捎著天語，

幽幽地，密密地，
絲絲入窗，
可記得伊人屏息傾聽？

風，是——
吹過了秋，吹過了春；
雨，可——
摧出了綠芽，摧出了蕊心？

二〇〇〇年十月

千禧歲末

輕輕揮別千禧年，
感激多於感慨，
信心多於憂心。

默默迎接新世紀，
時光漫步青青草原，
歲月交會璀璨星空。

日月有義，天地有情，
不負千載相逢。

二〇〇〇年十二月

新世紀春聯

・國事多秋，黨派紛爭不斷；願國家祥和，社會平安。

千禧年觀日聽雨報平安，
新世紀迎歲詠月慶吉祥。
橫批：國泰民安家家親和

二〇〇一年元月

退休生涯自期

讀萬卷書，行萬里路，
體萬物理，植萬事福，
抒萬言文，繫萬世情。

二〇〇一年二月

落日餘輝

踩在落日餘輝裏，
循的是天韻的旋律，
尋的是宇宙的心語。

悄悄地，
星兒探視在天際，
沒有喧囂，只有靜謐，
沒有炫耀，只見祥逸。
輕輕撒落
滿地的溫馨，滿山的安寂。

踩在落日餘輝裏，
是心牽望著星，
是星牽望著心。

二〇〇一年三月

自剩

細數往事，
臥龍街成長行走，
一生喜相逢；
葉落歸根，
福聚齋沉潛鼾睡，
一覺慶長眠。

二〇〇一年七月撰於手術後

月之吟

一輪明月高高掛，
先民的山，明鄭的水，
悄悄起伏，潺潺留話，
月弦曲線縈繞多少悲歡？

一輪明月高高掛，
荷塘風車迎面起，
城外油桐遍地花，
夜色怎麼竟是一片黯寂？

一輪明月高高掛，
雲淡不及環護偎依，
風輕無力拂拭增華，
何處傳來無聲嘆息？

一輪明月高高掛，
千年頌的是千年的月，
千里證的是千里的燈，
誰記夜已深，夢已遠？

二〇〇一年中秋

黑色九月

‧九一一美國紐約世界貿易中心雙子星大樓遭受攻擊，夷為平地，舉世震驚。中度颱風納莉窺襲台灣，元首巡視防颱中心，見有縣市首長未坐鎮中心而震怒。感於舉措、見識，誌之。

轟然雙星隕，歧端呈狼煙，
斷垣隱哀嚎，紐約見疤痕。
掩遮窺寶島，納莉蓄勢搗，
主帥心焦忿，焉知將士熬。
生途固無常，災禍偏相連，
借問何所寄，啞言視惘然。

二〇〇一年九月

濱海風雨

風，呼嘯地刮，
滿地落葉，漫天浪花；
海景樓，力挺強勁風切，
風鈴聲，顫慄在簷角飛砂。
桌上的書鎮，
默默地眺望，窗外不見的晚霞。

雨，嘩啦嘩啦地打，
萬馬奔騰，萬箭齊發；
鐵皮閣樓，和著大地吶喊，
落地窗面，已是淚水汪汪。

桌上的書鎮，
靜靜地凝視，燈下殘留的年華。

二〇〇一年十二月

新歲緬懷

天蘊旭輝，地泛晚霞，
琴藝知者誇，聲名隱天涯。
忠孝節義有明訓，
愛物惜福見當下。

念先人，
默默望譜架。
一元復始，不禁抒懷，
生生不息，正善好傳家。

二〇〇二年元月

兩岸

一國兩制，兩國兩府，
海峽兩岸多爭議。
文化認同，多元包容？
國家認同，族群差異？

科索夫的血腥，車臣的殺戮，
阿富汗的峰火，以阿血斑殘跡。
擎起民族大纛，挑動仇殺歧視，
生靈塗炭悔莫及。

忠奸說的都一樣，

愛國憂民為的是公益？
政客口水噬臍，
小老百姓怎堪——
頭昏眼花變船夷？

爭是統一大業功勳？
爭是之子之父開國光環？
莫忘社會安和、民生樂利，
該是擺第一！

揆之當今，兩岸之間，
大的怕小的跑掉，
小的怕大的併掉，
爾虞我詐，滿腹狐疑。
怎不該是——

小怕大跑，大怕小併，
大小兼容，互補互益！

且把意識紛爭擺兩邊，
兩岸心手相攜，
富國富民，振興經濟，
國泰民安，伸張義禮，
地球村民，和樂可期。

二〇〇二年八月

一陣流風

三句時尚話，吹起了一陣流風，
「只要我喜歡，有什麼不可以！」
「愛拼才會贏！」
「雞同鴨講！」
這陣流風——
看似充滿活力，卻缺乏毅力，
看似充滿勇氣，卻缺乏朝氣，
看似充滿進取心，卻缺乏同理心，
看似充滿新意，卻缺乏建設性的創意。

「只要我喜歡，有什麼不可以！」當知人有職責本分，

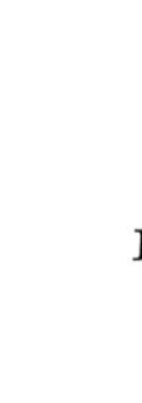

「愛拼才會贏！」當知神有美好旨意，
「雞同鴨講！」當知萬事事理通濟。
是流風，抑是流諷？

二〇〇三年五月

不信四族亂世

口水族，草莓族，
搖頭族，搖旗族，
四族亂世？

君可知，焉有壞胚子？
天下莫非是好人善類！
成長的善類，
成熟的善類；
迷失的善類，
衝昏的善類，以及

覺醒的善類！
原是五類共祥和。

二〇〇三年十一月

堅信

花開花謝，四季運行；
日出日沒，天地有情。

二〇〇四年五月

雨五二〇

公投綁大選，真正人民作主？
迷離兩子彈，揮抹民主陰影？
啟動國安機制，操弄民情法制？
五二〇，第十一任總統就職日，
來個雨天，
傷老天落淚？喜及時瑞雨？
移民社會，
陰雨淒淒？春雨熠熠？

移民話起，
說是墾荒海隅，

當知原住先民，生養滋息，
綿延已有數十世紀！
四百年來歷史，
前人開天闢地、掠水裂地？
誣原住民蕃，
鄙紅毛人夷。
彰泉械鬥、閩客視敵？
東亞共榮、大和逞技？
國共多事，波濤起海隅！
斑斑血淚，浪沙已淘盡！
移民社會披荊斬棘，融和軌跡。

移民性格，
意志恆毅、機會主義？

氣壯山河、卑微無力？
忠貞勤奮、擄掠詐欺？
海盜浪民的血，
忠良義士的魂！
五十年海角一樂園，
經濟稱奇蹟，
政治找交集。
民主，多見口水四濺，
　　固是責任政治；
民主，盡現花招百出，
　　固是法治機制；
民主，遵循多數意見，
　　固是包容珍惜。

數今之台灣風流人物，
是大勢所趨，
是豪傑揚眉？
是梟小逞能，
是忠貞出頭？
忠奸一時莫辨，
且待歷史現真跡！
五二〇
陰雨淒淒？春雨熠熠？

二〇〇四年五月

雞年春聯

稻埕老街府垣見隱蹤，
金雞迎歲大地慶回春。
橫批：福聚街坊福臨門

二〇〇五年元月

形容詞的世界

形容詞，
主詞的修飾語耳！

形容詞多，
妙語如珠，妙筆生花，
洋溢才華風采。

形容詞太多，
言過於實，文飾質薄，
流於矯情做作。

形容詞濫多，
宗旨晦黯，輕重混淆，
虛偽妄語而已。

流風時潮，
談論節目何其珍貴，固不是沉淪節目。
藝人名嘴何其光采，固不是囈人冥嘴。
看現象，講道理，猶需有禮儀，
做活動，有創意，猶需同歡喜。
耳聰目明，手敏舌銳，
貴在心靈之美也。
形容詞之用，慎乎哉！

二〇〇五年七月

狗年春聯

溫良恭儉讓　植福田，
信望愛謙能　蒙恩典。
橫批：順風雨安家國

二〇〇六年元月

領袖風範

才識超群，
鼓舞群倫；
領袖群英，
群策群力；
群龍無首，
造福社群。

二〇〇六年二月

領導人的清與濁

領導人，貴在——
鼓舞群倫，凝聚共識，
揚旗掌舵，乘風破浪，
群策群力，締造
安和樂利、富而好禮的社會。

怎奈——
帝制時代，呈獨夫專斷，
可惜人才當奴才用！
精英淹沒洪流中。
民主思潮，現口水泛濫，

切忌小人當大人用，
庸碌堆起千層雲。

「我有話說，當尊重他人意見；」
「服從多數，當珍視多元發展；」
「責任政治，當遵循專業倫理；」
「制衡機制，當權責相捋並進。」
民主素養何其清純，
倘若領導人
私心自用，器識窄隘，
清，焉能不濁？
純，焉能不亂？

二〇〇六年二月

九月號角

話說權位篇，政客篇
號稱台灣子，正君子
高倡說改革，是有格
做勢拼外交，真會喬
折騰三萬里，飛那裏
威風南群島，撒民膏
伸手握蘿菈，非找碴
劣僕掛勳章，豈所望
國務機要費，求自肥
台開說不清，有隱情
SOGO禮券案，心能安

翡翠又珠寶，暫借來罩
貧戶變大富，奮鬥有道
杏壇稱首長，裙帶熱腸
杏林乘龍婿，禮義知遇
手拉是媽咪，心思母儀
推車一臉真，本是至誠
一宴尚萬元，心猶繫，失業怨
挫敗念可愛，心猶繫，愛妻牌
正邪如涇渭，敘分明，辨抹黑
兩千三百萬，怎可當，魔數派？

古今好風氣，廉第一
民主有真諦，尊民意
紅潮納斯卡，九月九

綠地陽光show，九一六
圍城三十萬，權謀盤算
守護掌權柄，十萬相挺
口口愛台灣，豈是把玩
黑白是所依，不問藍綠！

國本惹動搖，官僚民刁
要有好未來，貪腐下台
九月台灣風，民主張
九月台灣風，公義倡
九月台灣風，共安邦。

＊　＊　＊

慷慨陳義，負重忍辱？
政客奸巧，政治風骨？
輿論起伏，是非自有定論，
人心歧異，歷史會斷菁蕪，
各從其類，分別成聖可書。

二〇〇六年九月

第六篇

感 應 篇

修持

修持，發乎佛心，
行止，循於人性。
身口意，戒定慧；
天地人，正善行。

一九九八年二月

永恆

宇宙之大，
自有核心；
萬物繽紛，
獨寄天韻。

千古洪流，
貴乎綿綿信願行。

一九九九年十一月

核心釋義

・渾渾萬物，茫茫人生，核心繫之乎？

天斯籟，
地制宜，
人致靈。
萬物運行，
四時有序，三界有司，
宇宙核心固有所繫也！
猶然歌作乎？

二〇〇〇年十月

默禱

十步芳草，十邑忠信，
道是——
繽紛世界，芸芸眾生。
怎奈——
猶然天地之悠悠？

天籟殷殷，
是歌乎？是喚乎？
誰在意！
千山萬水，千言萬語，

應的是——
盡在默禱中。

二〇〇一年二月

靜思語

靜靜地，靜得無邊，
夜，悄悄地披上，
一層朦朦銀紗，
只見星光點點。

荷葉池中，田田款款，
蘭心窗裏向晚天，
千重山，層層攔，
萬里情，絲絲傳。

二〇〇一年七月

吐納口訣

・吐納呼吸之間，體會：天人合一斯有韻，古今通氣蓋有心。

盈天地正氣，
納日月精華，
心空，
體空，
具現相空。

平安淨身，
歡喜淨口，
慈悲淨意。

善信，善願
生生修；
善行，善果
世世循。

二〇〇二年三月

早晨公園

霧裏晨曦，似詩似畫，
洒落了朦朧無邊的綠意，
一顆顆露珠，如白玉，
閃爍著綠野仙跡。

林間和風，亦歌亦舞，
依戀在姿態恬雅的樹梢，
一眼眼葉芽，是盼寄，
牽縈著綠野仙跡。

池中湧泉，如醉如訴，
傾吐著曠古生命的源流，
一朵朵水花，透晶瑩，
吟詠著綠野仙跡。

二〇〇二年四月

如是觀

如來，如其來，
祥和慈悲；
觀音，觀世音，
自在歡喜。

二〇〇四年六月

三祈願

一願，
祈求聖靈賜福，
風調雨順，國泰民安。
二願，
祈求神靈恩典，
闔家和諧，大小平安。
三願，
祈求祖靈保佑，
家安宅吉，子秀孫賢。

二〇〇四年六月

公園寒春

遍地落葉楓樹雨，
舉步拈手心如來；
早春杜鵑花兩枝，
臨風低頭觀自在；
池邊小徑迎新綠，
Peace滿園神斯宅。

二〇〇五年元月

源

五湖四海源本一體，
萬物百事繫惟一心。

二〇〇五年二月

聖殿靈園

一條蜿蜒的小徑，
沒入起伏的丘陵，
綠野一片如茵，
香坡綿延如畫。
簇簇鵝黃中，
有燕雀呢喃的餘韻，
朵朵雪白中，
有蝴蝶飛舞的蹤影。

遠方的鐘聲，從塔尖
幽揚地，一陣一陣湧出，

穿越松林的樹冠，
撫慰寂靜的穹蒼，
噹——信望愛，
噹——聖謙能，
噹——正善行。

是新月初上，繁星點點，
神的榮光在天際顯現，
梵音揚起——
嗡——心如來，
嗡——觀自在，
嗡——體道喜。

小木屋，兀立在原野中，
晚餐桌前闔家低頭祝禱，

感謝神的福佑，
一家溫飽，大小平安；
感謝神的恩寵，
安居樂業，安和樂利。

小徑步步砌靜謐，
輕風徐徐隱訊息。
冥冥天籟，
傳遞神的旨意。
天主寬愛，
聖靈充滿；
圓融滋福慧，
圓滿涵吉祥。

二〇〇五年三月

啟示

（一）

歸全能神，虔敬信望愛，
發慈悲心，歡喜正善行，
循救贖道，順服聖謙能。

（二）

光明在望，
氣貫日月，
水到渠成，
神愛萬民。

（三）

觀，自之在，養正修善，
心，如之來，沐浴恩典，
體，道之喜，與神同工。

二〇〇五年六月

靈之路

Pray in Holy Spirit,
Peace in mind,
Power in body.

二〇〇五年七月

神寓俚語

物有終始，事有因果，
「做好」卡有底；
月有圓缺，人有好惡，
「小心」無惜本；
人在做，天在看，
天公疼「憨人」。

積善之家有餘慶，
神佑賜福喜善身。

二〇〇五年七月

正信四腳磐石

超凡，
有入聖道成，
有著魔虛幻。
正信，
固磐石根基，
明人性神格。
乃曰：
虔敬救贖第一驗，
養正修善種福田，
謙容服事本無我，
聖靈神蹟榮光顯。

二〇〇五年十月

神許的家園

神許的家園，
是流著乳和蜜的地方：
至聖至神——
　聖父恩典，
　聖靈充滿，
　聖潔善行；
美時美地——
　水草豐美，
　生意恬美，
　衷心讚美。

二〇〇六年元月

聖靈之蹟

神，立萬民，澤萬物，
垂賜恩典，乃恩寵與典範也。

上源自於天主，
榮光，天地顯靈，
聖潔，日月輝映。
左右展翅翱翔，
至愛啟大能，至善有公義。
下施之於子民，
敬虔，得著益處，
悔改，蒙獲救贖。

身心俱謙卑順服，
平安傳溫馨，喜樂滿人間。
美好人生，
神蹟感應乎！

二〇〇六年元月

當知不知

疑神疑鬼，自擾擾人；
裝神弄鬼，天譴人憤；
驚天地泣鬼神？
天人位格有別，
切記適得其分！
知之為知之，
不知為不知，
敬天畏地，福至心淨。
神者明也，聖則靈也，
與神同工，信愛蒙恩。

二〇〇六年三月

聖杯與明鏡

人，像一只聖杯，
上帝，或多或少，
注入一些賜福之水。
斟滿嗎？當然不會！
總是留下空間，
人需與神同工發揮。
珍惜所已有，感懷恩惠，
增益所未有，成長福慧。
如果，什麼都不做，
祝福之水會蒸發，
再也不回。

人生，像一面明鏡，
你笑，他就笑，
你哭，他就哭；
要有微笑美好的人生，
哪能要求先笑的魔鏡？
你總得先笑容盈盈！
仔細瞧，用心聽，
掌握鏡子的神明，
早已先向你招手笑迎。

二〇〇六年三月

信必得著

信仰，至上聖神，
信心，聖靈至明，
信靠，全能真神，
信實，聖潔榮光，
信行，謙容至愛，
信能，道應得著。

二〇〇六年五月

聖靈充滿

心，繫思主的旨意，
口，頌讚主的恩典，
行，榮耀主的真道，
臥，安眠主的慈懷。

二〇〇六年七月

信望

軍政時期，
爭戰韃伐，除惡務盡。
訓政時期，
敬神愛人，捨身救世。
憲政時期，
清濁並陳，中保多方。
主政時期，
全智全能，至善至愛。

舊約新約，末世復臨，
聖跡可循，聖靈權引。

二〇〇六年十一月

附　錄

Cup and Mirror的旋律

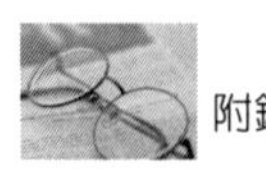

悼母文

是孤冷冷的深夜，萬籟俱寂的。偶爾，劃過大街夜空的車聲，竟是如此的淒厲。靈前枯坐，傳來陣陣念佛機低沉的佛號，悲願中有寧靜安謐的祝禱；裊裊環香徐徐而上，靈堂上母親遺照猶然散發養我育我五十多年一貫的慈祥。凝視中，視線不覺模糊了。日前事、往日事，一幕一幕湧現，眼睛竟至無法端視，竟至……

連日來，母親一直發燒不退，二十五日（星期三）夜，護士為老人家實施導尿接管，是為檢視日益衰退的腎功能，不料引起血尿奔流，老母疼痛呻吟，無法入睡。日夜侍奉湯葯的碧珠，又是一次涕流滿面，徹夜未眠。

二十六日晚上，除了呻吟，老人家呼吸出現混濁的聲音，值班醫師立即進行動脈血液篩檢，發現血氧量偏低，一方面在點滴管中增加刺激氣管的葯劑，一方面替母親戴上氧氣罩，此時已是深夜二時了。戴上氧氣罩後，約計四十分鐘，才見母親呼吸稍趨順暢，乃

斷斷續續入眠。二十七日晚上咪兒、良兒陸續來到病房探視阿嬤，九點半鐘老么元兒也趕到了，難得三個孫兒「同時」聚在阿嬤病房。元兒不是埋怨高三課業補習的繁重，而是把撿到的一張五百元鈔恭恭敬敬地呈送給阿嬤，祝阿嬤早日康復。咪兒、良兒跟阿嬤爭著又撫又親地搶獻殷勤，低嚷著要「分紅」，以便買新衣、買好書。碧珠心血來潮，掏出錢交給阿嬤，「看那一個乖，就賞誰錢！」二、三年來老人家中風臥床，兒孫一夥兒圍繞在床榻，起哄逗趣，博取老人家的一笑，成為家居文化的一部分。三個小孩「輕嗔爭寵」，在這個時段裏，老人家沒有呻吟，帶著鼻胃管的臉上，有慈愛、有滿意，也有無奈；看在眼裏，既愛又憐。當晚十一時許，孫兒們依依離開後，漸漸地，病房裏母親的呻吟和沉重的呼吸聲，又隱隱出現，護士、醫生頻頻進出，仍未見起色。碧珠，又是一次整夜的焦急懸慮。

上個月（十一月）二十九日，母親病危急診再次住院，最初兩個禮拜，每每在晚餐用葯後，就出現腹內翻騰絞痛，有時痛得青筋暴張，不住地揮動另一隻未被點滴筒束縛的枯瘦手臂，嘴唇猶是緊閉，不吭一聲喊痛。看在病榻旁的兒孫，已是熱淚盈眶。那個時候，我的右手腕筋瘤發炎，老人家常強忍劇痛，用顫抖的手指，默默輕撫我的手腕，直扣我的心弦，不覺涕淚交流，百感交集。

二十八日下課後，自北師院逕「返」馬偕，是中午十二點多了。母親已被移入護理站的急救室，碧珠、惠妹、元兒滿臉焦慮與徬徨。醫師告知老人家腎臟正在急速衰竭中，有安插氣管內管，以供應高濃度氧的需要；看著身上已經掛上五、六條點滴的老母，不忍她再受到安插氣管內管的痛苦。一點二十分，最新的檢驗報告出來，人的血氧含量最低限量值為六十，母親的血氧量竟是五十一。沉重的呼吸，已惡化成奄奄一息？醫師提醒隨時會有呼吸不過的狀況發生。當時，姐妹多不在場，若痛失最後一面，情何以堪？遂狠下決心，同意施行氣管內管插裝，以期延續生機。醫生、護士好意地把家屬「趕」出急救室，我的心陷入強烈的掙扎和莫名的無助，惠妹打了幾個電話，就近通知姐妹親友。二點卅分家屬獲准重返急救室時，我的天啊！七條點滴管，攀爬在病榻四周，加上心電圖機具、血管呼吸記錄儀……，一大堆針筒儀器纏住母親虛弱的身軀，高齡的母親是雙眼圓張，遲滯地，卻是深深地、緊緊地盯著兒孫，一臉痛楚。臉上有已伴二、三年的鼻胃管之外，赫然嘴裏插了一條冷酷粗峻的塑膠氣管內管，母親不時露出欲嘔難挨的苦痛，每一個驚悸的眼神，每一次急促的呼吸，都重重地啃噬子女已是脆弱的心靈。大家圍繞母親身側，含著淚水，或撫手、或撫腳，或親面頰、或親手心，一個一個兒孫，英姐、幸姐、碧珠、卿妹、惠妹、咪兒、良兒、元兒，甚而通知不及、未及趕到的琴姐、寶妹也是一樣，依次在母親

耳際輕聲低語：

——我們會學習您老人家待人的善良和做事的勤勉；

——我們衷心感謝您老人家「一生的關愛和無私的照顧」；

——我們都深深地愛您，請您更加堅強地支持下去。

奈何，腎臟功能猶是呈現無情的、急速地惡化！入院一個月來，檢驗出的胃出血、十二指腸潰瘍、肺積水、心臟腫大、肝異常等，似乎隨著腎的衰竭而引起併發的症候群。一位四十七歲就守寡，堅強地獨自撫養六女一男，這麼一位來自純樸農村的典型中國傳統婦人，身帶二十多年心律不整，體背四年來兩次中風打擊，即使在病重了，仍然和顏地對媳婦碧珠說：「這一生我是好命的，只是我拖累了妳，不然，妳也是好命的！」老人家是如此堅毅慈愛，是如此認命守分，是如此敬事和睦，天呀！如此八五高齡，整個身體機能嚴重衰竭之際，難道還要承受血液透析穿刺的痛苦、心臟電擊的挑戰？和姐妹商量後，婉謝醫師專業立場，實施具有侵犯性的洗腎、電擊、心外推壓術的建議。夜裏十二時五十六分，醫師簽發病危通知時，第三代ＣＰＺ抗生素、高劑量強心針等，各種葯石仍不斷地進行Full Does搶救。此時為人子的我，竟然只是能陪著妻兒姐妹，眼睜睜地看著老母在針管生死邊緣喘息，再多的撫慰、再多的親吻、再多的呼喚、再多的怨嘆，都是無濟於事，

老母血壓繼續在降，心跳持續減弱；為人子，是如此無能，如此無奈，如此……，母親在夜裏一時卅五分悄然撒手。強忍悲悽，兒孫低吟阿彌陀佛法號，恭請佛引西方極樂，願吾母從此離苦得樂；吾等兒孫永是感恩追念，馨禱安往育生。感謝馬偕王醫師、黃醫師、徐醫師、郭醫師、護理長、楊小姐以及復健醫師、居家護理等眾多醫護人員長年來的醫療照護，你們是可敬的有醫術有愛心之專業人員！

好友Kuma兄接到電話得知老人家往生事，即來向母親上香，並在靈前，以福建玉鐲記為主軸，有條不紊地輕述兩個多小時的故事，直至深夜。Kuma稱本來有準備一千零一首故事要分享給臥病老母的計畫。老人家臥床期間，阿魯兄的不時噓寒問暖，明治兄的氣功運行加持，歷歷在目，令人感銘。許許多多長官同仁及親友鄰里的關懷，內心充滿無限的感念。母親這一輩子對吾等兒孫的意義與啟示，是無與倫比的。當此期待在另一個世界與老母相聚之際，讓我們以全心的謝忱與祝福，呈獻給每一位長官同事，每一位親友，每一位鄰里伙伴，謹敬合十。

伏案於延平寓所

一九九六年十二月卅一日深夜

北師之緣（錄自滋蘭集）

（一）緣起

難得碧藍的晴空，天際堆砌幾朵似雪如花的白雲，像深交多年的老友，默契十足地抿嘴微笑。這是一個暑熱的中午，整個北師操場空蕩蕩的，或信步，或駐足，交融在剛構築完成的合成橡膠跑道上，草坪是一片剛鑽出頭來的新綠，在微風中揮舞著絲巾，有一份加入北師行列的喜悅。正凝望得出神，隱隱約約傳來一陣歌聲：「太陽下山明朝一樣爬上來，花兒謝了明年還是一樣地開，青春小鳥飛逝無影蹤……」沉穩裡帶著幾許感傷的聲音，是從操場西側的老禮堂傳來的，回頭一看，正面一排十四個拱門門眼的老禮堂，正俯視著我，好似在數著我鬢間的白髮，好似在尋找三十多年前少不更事的

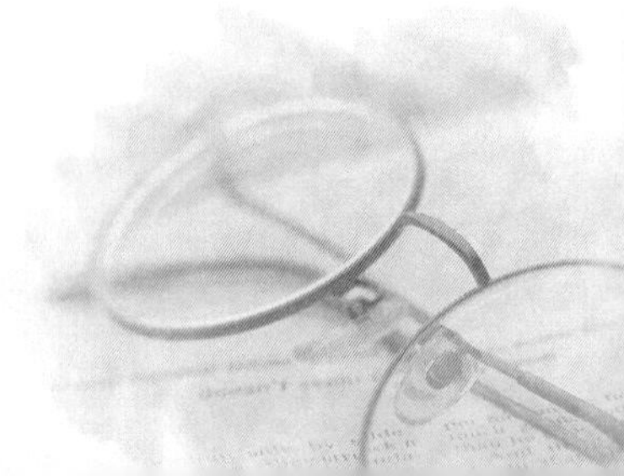

童稚。

三十六年前正徘徊在狂飆的青少年期，父執長輩台灣新劇創始人張維賢先生一句關懷：「師範學校讀書不要錢，畢業又有頭路！」打開了心靈的門扉，點化了頑冥的個性。那時候，才知道世界上有這種師範學校，也因此結下了北師之緣。

曾幾何時，春去秋來，歲月化成無形的羈絆，拘泥著身體手腳的活動，致令步履蹣跚，兩鬢飛霜了；然而，並無法拘限內心的騁馳，飛向北師求學的往日。

（二）緣生

一個擁有悠久歷史、校風優良的校園，匯聚了各地來的少年仔，或靦腆羞澀，或不知天高地厚，都在不失其天真的年華裡，編織許多令人低迴的往事。第一天走進北師，在作息日課表前，不禁雀躍：「哇讚，學校生活竟是一天五餐！」作息表上明列著三餐之外，尚有早晨六時二十分的「早點」和晚上九點二十分的「晚點」。竟日活動下來，才明白是把早、晚在操場集合的點名，誤認為早晚點心。

◎鐮刀·抹布

當今師院一千九百人的學生數，加上綜合大樓、科學館等樓館建築櫛比林立，八公頃的校地令人覺得擁擠。然而，五〇年代的北師，學生只有六百多人，一進校門，正面一棟兩層的紅樓「巍峨」聳立之外，校園東側只有幾排東西走向的平房校舍，和西側的禮堂隔著操場遙遙相望，學校盡是草坪樹蔭了。每在寒暑假之後，校園雖不能稱之為荒蕪，倒確是長草漫漫，落葉滿地了。開學註冊時，每個學生必須繳驗的一把鐮刀、十條抹布就發揮了功能。註完冊，在教官和學生區隊長的帶引下，全體學生投入校園校舍整潔工作，把草地修葺得整齊美觀；草叢裡時而飛出披著鑲黃綠袍的蝗蟲，就掀起一片喧叫與歡笑。勞動服務之後，手上沒有樂利包，沒有易開罐，大夥兒在剛割過草的操場上或坐或臥，欣賞滿天的紅蜻蜓在頭頂上追逐嬉戲；你看我，我看你，是全身汗臭，是滿臉汗流，不禁相視大笑。鐮刀抹布的北師文化，雖然不復可見，它代表的「樂觀合作，匡正進取」的北師精神，當然是綿延不斷的。

◎木造樓風光

座落在現在的女生宿舍位置，原來是一座佔地近兩百坪的兩層木造樓房，彼時雖亦稱之為女生宿舍，實際上二樓才供女生住宿，由東側門直接拾級而上，一樓則是做為男生寢室，由西側進門，一、二樓彼此是不相通的。這座東西走向的長條型樓房，南側是一條長廊，沿著走廊旁邊拉開三條平行的鐵線，做為學生曬衣懸掛之用。

寢室是以班級為單位的大通鋪，二、三十坪的空間，架設三排高約四十公分的木板床架，上面墊上榻榻米，就是三、四十人的臥鋪了。上課時間，空蕩蕩的床鋪上看到的是排列整齊的豆腐塊棉被，學生是不准任意出入宿舍的。在晚點名之後，十點鐘熄燈就寢前數十分鐘，是寢室最熱鬧的時刻了；有吹口琴的、有拉胡琴的，有傾訴少年維特的煩惱，有學貓王擺臂高歌，真是百花齊放百鳥齊鳴。熄燈號角一響，嘎然而止，說也奇怪，十七、八歲的小伙子，竟也都屏息就寢，沒好一會兒，只留下從窗口探身進來的星光，孤自欣賞少年仔夢之語和咬牙根的合奏了。

星期假日午後，總有一位山東老伯推著自行車，載著一簍包子饅頭，在木造樓窗外空地逡巡叫賣。樓上的女同學把錢湊集在一起放在一個小竹籃，用一條繩子由窗口直接垂放下來，山東老伯收下錢就把包子逕放在籃子裡，當女同學把繩子往上拉時，說時遲那時快，住樓下寢室的調皮男生，手伸出窗沿抓個包子，側出身仰首做個鬼臉喊：「抽稅，包子一個！」常是惹來一陣跺腳、怒罵的嬌嗔！

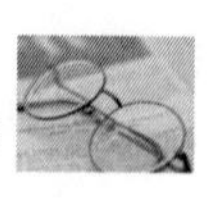

師範時代男女生人數的比例約七比一，一個年級中，五班普通科，清一色男性；藝術、音樂、體育等藝能科各一班，則男女兼收。師範女生舉止端莊，氣質清秀，是眾所公認的。身為和尚班的普通科學生，難得和女生講個話，偶有機會與心儀的女同學打個照面，腦海中的倩影淺顰，總會縈繞個三天三夜。今天雖然多已晉入祖母級人物了，依稀可以捕捉到往昔少女婉約的神韻。

◎伙食委員和三輪貨車

北師新生的第一餐，印象深刻。吃飯是採用軍事管理、集體用餐的方式。用餐號聲一響，全體學生先在餐廳門口整隊，然後魚貫步入餐廳，按班級依序入坐，挺胸端坐在餐桌兩側，聽候中隊長的口令動作，待中隊長向值星教官行禮後，一聲「開動」，大家才開始用餐。六人一桌，十二隻眼睛共同的焦點是桌上唯一的一道菜，由鋁製舊臉盆裝著的空心菜，師範生大多是窮苦人家，大夥兒也都能甘之如飴。每個月偶而加個菜，一隻雞腿加一個滷蛋，視為人間美味了。

老同學大概都還記得北師早餐是喝豆漿吃饅頭的。凌晨天未亮，伙房廚工先生們就起床揉麵粉、蒸饅頭了。值班的學生伙委就兵分兩路，兩人由廚工老馬用腳踩的三輪貨車載往西寧南路的中央市場採買當天的菜食；另外兩人自已就拉著另外一輛三輪貨車，載著一袋黃豆和兩個大型桶子，披星戴月地載到學校對面的豆腐店（目前該豆腐店仍在營業）磨豆漿，以便及時供應早餐。每個月新的學生伙食委員選出來，操場上就會出現新科伙委練習踩三輪貨車的趣事。由於車子重心不同於一般的腳踏車，初掌三輪車車把，車子就是不聽使喚，歪歪斜斜地蛇行，幾個人又叫又鬧地笑成一團。一部跑起來喀啦喀啦響的老爺三輪貨車，成為伙委「快樂服務」的象徵。

◎末代師範．首屆師專

民國五十年台北師範學校改制為師範專科學校，招收師範學校畢業的學生（甲類）和高中畢業的學生（乙類），均在校就讀兩年，到國小實習一年。第一屆師專部結業生和最後一屆師範部學生均是於五十二年舉行畢結業典禮的。在一個校園裡，同時有大專生（師專部）和高中生（師範部）兩種體制，雖然有「管理一元化」的政策方針，學生之間仍然產生不少較勁和爭執。當時學生伙食分由師專、師範兩部學生輪流承辦，全校學生一起在餐廳用餐時，彼此常以集體敲擊餐盤高呼「伙食加油！」表達對伙委的不滿或找碴，教官雖然力求疏通，或施予壓力，加油聲猶是此起彼落。

五〇年代報紙副刊一篇「小市民的心聲」，引發社會大眾對國人的「公德心與人情味」，廣泛的討論。學校也以此「公德心」與「人情味」孰重做為主題，如火如荼地展開班際辯論會，最後形成了師專、師範對抗大賽，各展辯才，你來我往，好不熱鬧。

改制師專，變更校歌，也出現一次有趣的插曲。舊校歌「……北師！北師！推著時代巨輪前進，任務何等光榮！……努力！努力！抱著北師精神前進，萬里是前程！」文詞簡賅，師範部學生大都能琅琅上口。對於新校歌「芝山鍾靈秀，東海智波揚……」一則疏離陌生，一則無端排斥。在一次開學的重要典禮中，新校歌正式啟用，當新校歌歌聲甫過，學生樂隊隨又擅自奏起舊校歌的旋律，學生臉上，有的疑惑凝結，有的喜樂綻開，禮堂台上的師長們，看似百味雜陳。

說也有趣，在校園圍牆內，師專師範兩部學生好似籠罩在「文攻武鬥」的陰影，一走出圍牆，則是共擁一片萬里晴空。民國五十二年筆者分發台北市服務，市政府為新任教師舉辦一次「新師講習」，昔日「纏鬥」不已的師專、師範同學，此時卻是緊握著雙手道著：「在學生時代是鬧著玩的，大家都是同一校門走出來，今後當攜手合作，為母校爭光！」瞬間心靈的交融，深深感受北師血脈中，濃濃的凝聚力。

畢業後二十多年，有一次走在路上，有兩位已是中廣體型的中年男士，正攔計程車，

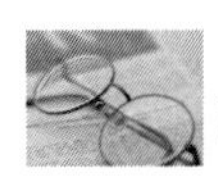

才跨上車，旋又下來，向我的方向走過來：「你不是北師的嗎？」握手之際，彼此幾乎同時喊出來，熱絡的，親切的！即使都叫不出對方的名字。但是，我這個末代師範，深深記著他們就是同時在北師求學的師專學長。

◎良師典範

接受三年師範教育的洗禮，何等有幸遇到這麼多的益友與良師。當年既沒有機會，也不懂什麼打工家教，同學們在課餘，在月光下，或啃讀名著，或勤練鋼琴，或埋首書法，或寫作投稿……，無形中形成切磋激勵的風氣，這不能不歸功於許許多多師長的開導和期勉。往昔師長多已相繼退休，三、四十年前則俱是意氣風發之年。才華橫溢的屠炳春老師，中外歷史娓娓道來，學生無不傾聽入神，沐浴在他的博學強記之中；化學課要求極嚴的李毓進老師，每年端午，帶來一串串的粽子，慰勉未能返鄉過節的學子，是大家感佩的嚴師慈母；時任訓導主任伊文柱老師，威而不猛，重導輕訓的開明穩健作風，是學校活力與安定的重要泉源；溫厚多才的周遐瑞老師，闡述諸葛先生「淡泊明志，寧靜致遠」的名言，淬勵謙沖好學的氣節；精神飽滿、聲音抖擻的廖幼芽老師，在大操場上帶領全體學生循著北師七步舞節拍起舞，傳遞蓬勃朝氣的訊息。良師一言一行，影響學生至巨。

北師五二級龍風班（丙班）常惦念的另外兩位恩師，一位是教我們三年國文的張世漢老師，一位是教官兼導師的徐經濤教官。張老師敦厚儒雅，徐教官豪邁果斷，共同點乃對「職責疾力從公，對學生關愛備至」。五十年代，周六晚上，學校常在紅樓南側跑道架起銀幕，來個蚊子電影戲院，選映一些名片供師生員工欣賞。當時已屆知命之年的張老師會牽著稍見福泰的師母，一步一呵護的出現在會場，與同學共享周末的閒逸；老師常用充滿感性的口吻說：「愛是什麼？佔有？奉獻？……使對方更可愛，才是真愛！教育愛亦復如此。」徐教官則是另一個典型，全年級同學列隊佇立操場進行早、晚點名時，一句「搞什麼臉盆（名堂）」可以訓個二、三十分鐘。起初同學怨聲載道，漸漸地能體會出他的快刀口豆腐心。有一回一位同學偷竊引起全班的公憤，群起倡議「開除」，以期「除惡務盡」；就是在徐教官的規勸向善，斥責莽撞，曉以大義後平息下來。這位同學後來也果真改過遷善、表現優良。徐教官私下不時表示「教導當求嚴正，內心當存善念」勗勉告誡。

當今面對即將踏入國民教育園地服務的師院應屆結業同學，筆者常以「守著陽光守著孩子」相勉，是其來有自的。時代變了，我相信；社會變了，我也相信；我更相信「學有專精，教學勤勉，關注學生，公而忘私」的良師典範，是不會變的。可同意嗎？

（三）結語——惜緣・惜緣

六、七年前，有一位獲得吳三連先生文藝獎殊榮的窗友，他處理頒獎觀禮貴賓證的方式，不是給大學時代的同學，也不是給留學時期的友人，而是邀請北師同窗出席觀禮，分享喜悅。同窗讀書、朝夕相處的「北師情」，是不受時間、空間隔閡的。

在校門，仰望門樓上四個斗大金字「敦愛篤行」校訓，很容易讓老北師人聯想到昔日紅樓川堂高懸的「禮義廉恥」匾額，和禮堂後方揭示的「良師興國」大標語；不論是從操守尺度，或涵養工夫，或言行規範，或學識導引，北師一脈相承的校訓、理念，都在闡釋著師資培養的方向，以及對青年學子的期許。師範教育所服膺的「教育愛」，是不受時間、空間改變的。

走進校門後，路向左轉轉角處，有一棵雀榕，枝葉茂盛，粗約四、五十公分口徑的樹幹，中空部位，仔細觀看，可以找到被雀榕纏勒而致枯槁的麵包樹枝幹的痕跡，這種難得一見的植物纏勒現象，是雀榕以種子形態寄生在原是高大的麵包樹，經過八十多年化生的特殊生態景觀。在百年老店的校園裡，或圍牆角落，或禮堂拱門，或科學館防空壕，只要用心細細體會，你就會察覺到它豐富的內涵和珍貴的意義。

今逢曾經被喻為台灣的劍橋牛津的母校一百週年紀念，不禁興起往日情懷，念起畢生把青春、精力，奉獻在北師園地的所有師長們，內心充滿感激。北師於民國七十六年改制師範學院前後，看著大批在各種學術領域具有高學位的優越師資，投注到這塊教育園地，為北師校務效力，信心油然而生，我們有理由相信北師明天會更好！祝福北師，祝福北師人。

一九九六年

寫於北師壹百週年紀念

註：二〇〇五年北師改制為國立台北教育大學

一日三育

教學大樓窗前的一排龍柏，已被孩子們打扮得五彩繽紛，彩色紙環、飛碟紙碗、燈籠紙杯，以及花式寶特瓶、閃爍CD片等，紛紛出籠，恣意歡唱著風中奇緣；環保品味的聖誕燈飾競賽，讓整個校園洋溢著溫馨、喜悅的氣息，三育兒女是朝氣活力、十足創意的一群。提筆時，是十二月二十二日，距個人到三育任事正好三個月，是有許多感想，喔，是許多感動！

山嵐輕飄的清晨，孩子們三五成群的，或步行點綴在林間小徑，或單車行進於落葉草原，邁向遍地晨曦的校園，「老師早！」「同學好！」清澈響亮的道安聲中，揭開三育生活的序幕。稍微注意，就會聽到從會議室隱約傳來肅穆、敬頌的歌聲，這是每天師長們晨間靈修的時刻，讚頌聖父的恩典，讚謝聖靈的帶領；低頭禱告中，同聲祝禱三育兒女快樂成長，祝禱三育教育充實發展。

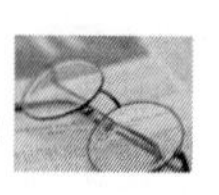

三百多位學生坐擁五、六十公頃的綠地，處處聞啼鳥，季季飄花香，豐富的生態資源，正是三育學子的福佑。兩、三個月來，在李組長的領軍下，三育生態探究教學研究小組同心協力，一份美崙美煥的生態文化探究教學活動藍圖廓然而成；預見兩、三年之間，本校可望成為各級學校、團體的校園步道之旅，或戶外教學活動的教學中心。在洽印彩色步道教學ＤＭ時，大揚印刷公司一口承諾，全額贊助的熱誠，令人感動。

是一個週日的下午，提著小鏟子在前院草坪掘地埋些果皮，掩土做環保。鄰居音樂老師正好回來，佇立在和煦的冬天暖陽下，聊起天來，確也怡然。素來知道謝老師夫婦對於音樂教育，貢獻卓著，有三位極具天份的子女；殊不知賢伉儷默默地，同時照顧著好幾位家境有起伏變化的學生；宅心仁厚，聞之動容。

適逢青少年時期的學生，似懂非懂、不懂又懂的階段，三育策重身心靈的全人養成教育，益見重要。十月份，有一位學生雖經師長數度苦口婆心的勸導，並數度許以改過遷善的機會，卻是屢次犯過，再干校規。一向豪邁灑脫的副校長，談及孩子面臨輔導轉學的懲處時，眼眶泛著淚光道：「孩子如果不夠好，我們就有責任在；從校門走出去的三育孩子，必須靈智體三方面都是好的才對啊！」鐵漢的柔情，錐心的關愛，令人久久無法忘懷。

泛紅的黃昏夕陽，顯得更加恬靜祥和，這是三育校景另一美好的時段。不論是在黃昏後，或透早前，美麗的林蔭大道上，常有三育兒女跑步健身的身影。每每迎面擦身而過，從青春活力的臉龐，時而傳來有力的聲浪：「我愛三育！為校爭光！」校園的靜謐，涵詠著步伐的節奏，偶而傳來悠揚的琴韻旋律，不覺驚呼「真是上帝應許的美地！」

住宿學校的三育，為了空間的調整及學習的成效，九月起即嘗試「晚自習」從宿舍區域移到教學大樓實施。因此，呵護有加的宿舍主任都駐場輔導自習，維護安全；許多老師也主動加入排班，義務指導課業，協助巡視校園，葉主任暨師長們投入的心力，相對的增加。滿天繁星的一個晚上，學生在教室自習；在映著燈影的走廊遇到巡堂的江老師，她輕聲回應道：「只要孩子進步，辛苦一點是值得的。」有滿滿的關懷愛心，有深深的專業期許，在這個三育團隊的澆灌下，神應許的園地，必然茁壯，必然興旺，不是嗎？

握筆沉思，倏然抬頭眺望，窗外是遠山含笑，近樹帶雀，一幅聯昭然浮現：「台灣小瑞士，綠野白鷺院落，層巒疊翠飄嵐；杏壇一樂園，快樂行善健康，潛能創意成長。」舉步環視校園：

——你們當學我的樣式，我心裏柔和謙卑；

——你們要有彼此相愛的心，眾人就認出你們是我的門徒；

——你們要聖潔，因為我是聖潔的。

側耳傾聽，屏息靜聽，神的話語，如燈導引著我們三育人，如光照亮著我們三育園地；一日三育，終身三育！謹馨祝。

寫於南投三育學園

二〇〇八年歲末

雨訪日月潭

清明過後，是一個下午，約三時許，猶是春雨不停，乃孤身驅車環湖。雨摧車窗，山嵐引路。沿途或熱帶巨蕨，或寒地針松，時而古木參天，時而綠篁修竹，盡得山林之勝。若不是偶有會車，疑入巨富私人後花園，獨享造化之美。駐足水邊眺望，一覽日月風光；朦朧一片、凝思一片，交織一起：

細雨霏霏，輕紗難掩嬌態，
山色如畫，湖光神筆墨彩。
雲呑群巒其上，霧漫日月其下，
氣象萬千，神怡心曠，
農舍山間錯落，寄身人間仙境。

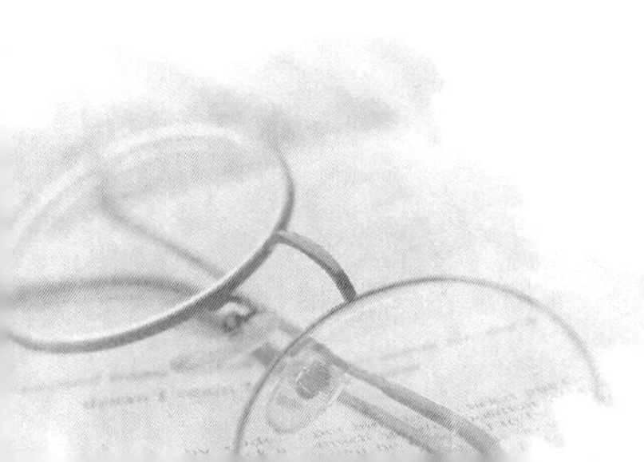

雨，親吻湖面，唇印點點；
水，輕喚亞郎，含眸款款；
風情萬種，魂魄傾倒，
湖際扁舟旖旎，道出水上伊甸。

路邊赫見一地油桐花落，
四月雪花片片，化成春泥。
猛醒來，豪情柔意俱往矣！
任雨清滌，隨風而去。

二〇〇九年四月

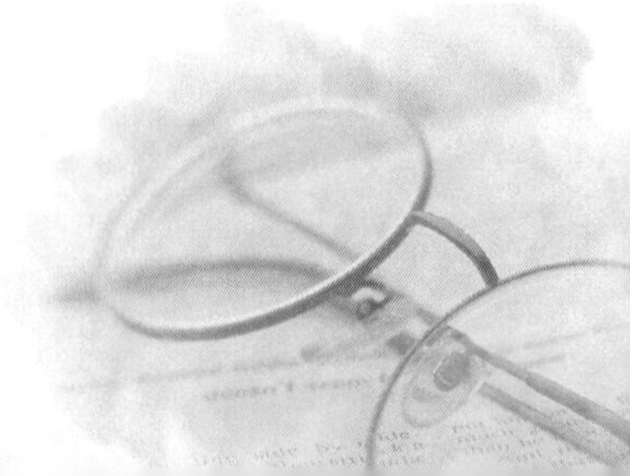

三育晨霧

時之舞者

行之於地為霧，佈之於天為雲，居之山則為嵐，水氣之變可真是氣象繽紛。水蒸氣遇冷形成小水滴，聚集飄浮在空中，即為雲霧。用比較精確的科學語言，雲霧是指空氣中的水蒸氣，在各種溫度下，只要達到其飽和蒸氣壓，就凝結形成的微小水滴。南投魚池屬丘陵地帶，海拔多在六百到八百公尺之間，三育校園處於其中，層巒圍繞。晨曦輝映下，舉目眺望，山嵐朝霧，變幻莫測，如詩如畫。時而白紗披戴嶺肩，如昭君出塞，半掩琵琶，嬌柔帶怯，輕吟依依鄉情；時而絲緞舖陳山腰，譜天鵝舞曲，舉手投足，婆娑可人，舞出楚楚美姿；時而風起雲湧，如千軍疾行，若萬馬奔騰，山川為之動容。水氣莫非蒼穹的精靈，抑是時之舞者？

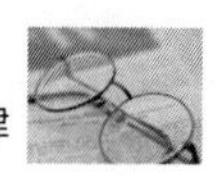

春曉的盼望

今（九十八）年元月二十八日，農曆年初三，是個金陽暖冬；上午十一時左右，漫步三育校園。適逢年假，有慕名而來的遊客，穿梭在廣闊的林蔭之間。筆者如同平時，一步一步踩著陽光，一口一口陶醉在綠的饗宴。在綠色隧道處，不期遇到帶著妻女孫兒做假日之旅的教育部一位司長，迎面正是一大片姹紫嫣紅的藿香薊，隨風透露早春的氣息，洋溢生命的活力。這位久未謀面的北師學弟讚口：「你們校園真美。」想想，三、四百位師生，座擁五、六十公頃的校地，綠野白鷺院落，層巒疊翠飄嵐，確是名符「台灣小瑞士」。謝謝稱許之餘，筆者順著口道：「不過，司長先生，最漂亮的，可不是此刻。在清晨六點鐘，會是雲霧繚繞的另一種境界。」「有時，約一、兩尺厚的薄霧，輕輕貼覆在整片的草原，步在其上，有凌波仙子的輕盈。有時，飄在空中的潔白婚紗，環繞身邊，如影隨形，亦步亦趨，疑入神話幻境。有時漫天濃霧，撥雲猶見霧，遠山近樹，全都藏身在虛無縹緲裏。」見識廣的這位老友，率真地說：「聽起來，得來三育住一個晚上。」

四月vs.元月

四月下旬，力邀台北教育大學熊所長一行南下蒞校演講，進行每個月的學校教師專業成長講座。當晚，高、項兩位教授和周牧師賢伉儷夜宿三育。翌日一早六點鐘，大家就來個校園巡禮，出門迎向清澈的草原，走進澄淨的校園，天空的幾縷雲朵，已披上黎明橙紅的光彩；

「是個清新的早晨，天氣真好，空氣真甜。」

「可是，怎麼看不到名聞遐邇的晨霧山嵐？」

「……」

「喔，現在是四月，比起元月冬季，太陽先生是早些出來了。」

「要賞霧，也許該早一點兒出門吧！」

是的，早晨五時三育之約，如夢似幻的朝霧晨曦，像清秀佳人，帶著含蓄的謎樣笑靨，令人盼望、驚喜，令人讚嘆造化的神奇。

朝霧晨曦

一個五月中旬，早晨五點鐘，天色漸開，鳥啁漸起。循常跨出宿舍庭院，步入青青校園。寧靜的草原，偶有黃頭鷺輕拍展翅；綠蔭的步道，偶見黑冠麻鷺駐足沉思。三育春曉益見晶瑩剔透，清晨校區、天籟露珠，歌詠天涯一樂園的音符。緩步環繞校園乙周，約三、四十分鐘，回到宿舍，已近五點四十分。院子前的榕樹果子和樟木葉子，飄落一地；隨手拿起竹掃把，對著大地揮掃，在黑鵯小啄木，捲尾白頭翁等群鳥飛舞唱和中，自是愉悅的。不經意抬頭，一時給震懾住，忘了手中還有一把大掃帚，愣愣地凝望著草坪東側的朝霧晨曦：座落在六、七十公尺外的女生宿舍，四周喬木、灌木、花草簇擁的白牆紅瓦，不知何時已籠罩在茫茫煙霧中，曙光從宿舍後方，自參差枝枒之間，自濃密樹葉之間，傾瀉而下，在屋簷、在枝幹、在樹叢，草原上形成目眩神出的光束瀑布，猶如聖靈臨格，聖潔榮光四射。看看時間，是五點四十五分。前後約一、二十分鐘的光景，慢慢地，煙也消、霧也散，草地林木又恢復一片清爽潔淨的景觀。旭日不動聲色地繼續吸吮著草坪上的甘露，晨光溫柔地繼續洒落滿地的希望與喜悅。

一塊翠玉

上帝眷顧的三育學園位於魚池鄉中央偏北處，與偏南的日月潭相鄰。若說日月潭是台灣中部一顆亮麗的明珠，三育則是明珠上方一塊雅純的璞玉；奇石的幻變，漢玉的溫潤，晶鑽的豐采，豈非盡在三育晨霧？

二〇〇九年六月

上帝編織的軌跡

一條紡線的開始

話從去（二〇〇八）年開始，七月九日董事會柯牧師電告三育中學校長乙職的事，並問及有無中學教師資歷。自國北師院學務長職退休下來，已近八年，個人對於行政工作確實已是興趣缺缺。

每天就寢前，循常讀一段經文，咀嚼上帝的話語，體會心靈的沉澱。

——七月十一日，雅各書二章二十二節「可見信心與他的行為並行，而且信心因著行為才得完全。」

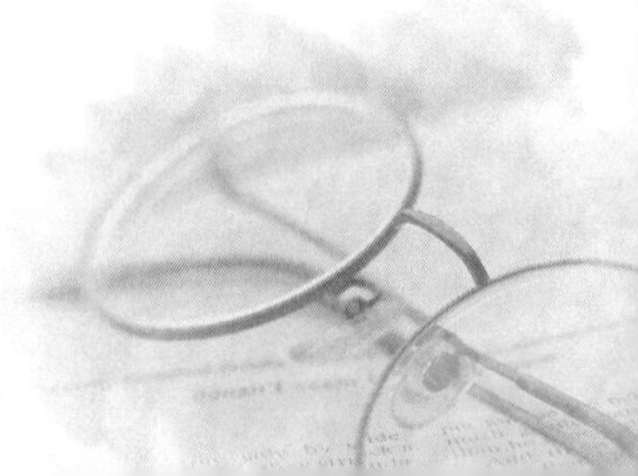

——七月十二日，呈現詩篇八十四篇十節「在你的院宇住一日，勝似在別處住千日；寧可在我上帝殿中看門，不願住在惡人的帳棚裏。」

上帝編織的手，漸漸在心裡作工，「聖靈帶領，繼往開來；放眼天下，共創榮景。」不是很美的校務運作軸線嗎？行政工作的步伐，只要「秉教育專業辦學，依法令規章行政，奉聖靈善工服事。」相信可以接受這份職務的考驗。

八月十四日教育部對於校長聘任案函示「無法認定陳員於中等學校任教時，是否具中等學校合格教師資格。据此，無法認定陳員符合校長資格。」個人素以「寧靜致遠，澹泊明志」自況，二〇〇一年自教育崗位退下後，則以「寧靜不必致遠，澹泊不必明志」自娛。因此在八月十八日函覆三育中學董事會，針對師資培育法及師範教育法做簡要剖析，並表明「無意爭議於資格認定；徒有年代已久、法規更迭之嘆」。聘任乙事，於法規、於意願，都畫下休止符。

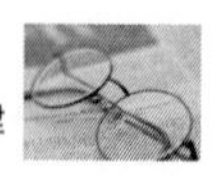

五一四的轉折

時隔約兩、三週，九月五日到十四日是個啟示性的轉折。九月五日陳院長及黃牧師北來，中午在松山教堂晤面，重提校長聘請案，並合心禱告，祈求上帝指引。

——九月五日，當晚讀經，馬太福音二十四章四十五、四十六節「誰是忠心有見識的僕人，為主人所派，管理家裏的人，按時分糧給他們呢？主人來到，看見他這樣行，那僕人就有福了。」

——九月六日，陳院長表達法規條文解讀的次要性，應該先祈問上帝的旨意。令人感動又感慨。夜間經文出現的是彼得前書五章二、三節「務要牧養在你們中間上帝的群羊，按著上帝旨意照管他們；不是出於勉強，乃是出於甘心；也不是因為貪財，乃是出於樂意；也不是轄制所託付你們的，乃是作群羊的榜樣。」

——九月七日，碧珠促求聖經解惑，決定行止。打開聖經，赫然出現的經文是馬太福音二十八章十九節「你們要去，使萬民作我的門徒。」夫婦不禁相對莞爾。

——九月八日，馬可福音第一章：

・十五節「The time has come, and the kingdom of God is near…」

・十七節「And Jesus said to them, come after me, and I will make you fishers of men.」

・二十七節「What is this? a new teaching!…and with authority …」

原來，權柄來自上帝；當謙卑禱告，敬畏上帝，服事聖工。

——九月九日，陳院長在電話中用詩歌回應「主必在曠野中開道路，在沙漠中開江河。」父神的恩典何其浩瀚。

——九月十日，馬可福音（2:23~28）敘述麥地的情景；基督才是一切的主。

・耶穌當安息日從麥地經過。他門徒行路的時候，掐了麥穗。

・法利賽人對耶穌說：「看哪，他們在安息日為甚麼做不可做的事呢？」

・耶穌對他們說：「經上記著大衛和跟從他的人缺乏飢餓之時所做的事，你們沒有念過嗎？

・他當亞比亞他作大祭司的時候，怎麼進了　神的殿，吃了陳設餅，又給跟從他的人吃。這餅除了祭司以外，人都不可吃。」

・又對他們說：「安息日是為人設立的，人不是為安息日設立的。

・所以，人子也是安息日的主。」

——九月十一日，校長聘書寄到，十二日即在應聘書上簽了名。感謝聖父恩典，順從聖靈導引，服事聖潔校園；願一秉謙卑柔和的樣式，做一個忠心的上帝僕人，做一個照明的教育園丁。

——九月十四日，經文進一步啟示做事的態度和團隊的特色：

1、誰想為首，就該做眾人最末的一位，做眾人的僕人。（馬可福音九章三十五節）

2、Have salt in yourselves, and be at peace with one another.（馬可福音九章五十節）

上帝編織的三育美地

九月二十二日，赴魚池接事三育校務，在交接典禮中引用彼得前書（二章十六、十七）扮演一個四敬的上帝僕人：「尊敬眾人，敬愛弟兄，敬畏上帝，敬事君王。」正如英傑兄贈言「人一生能找到一件值得奮鬥的事，是很幸福的。」

三育中學與三育基督學院均屬基督復臨安息日會的教育機構，寬闊的綠蔭校園，豐沛的生態人文；遠山含笑，近樹帶雀，誠係：

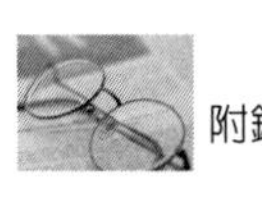

——台灣小瑞士：綠野白鷺院落、層巒疊翠飄嵐；
——杏壇一樂園：快樂行善健康、潛能創意成長。

辦學首以方向確立為先，扛起教育宗旨的大旗，與全校師生共勉：

一、生命關懷——實踐快樂行善的人生；
二、終身學習——發揮潛能創意的學子；
三、誠信忠實——培養美好心靈的國民；
四、公義慈愛——蘊育聖潔悅納的兒女。

乃投身於「學生適性發展，教師專業成長，以及資源充分運用」的三育教育行列。

法規與權柄

十一月十八日，教育部人事處一位科長，禮貌電知校長資格是有不合。當晚的經文是路加福音二十二章三十七節，「我告訴你們，經上寫著說：『他被列在不合規定之中。』這話必應驗在我身上；因為那關係我的事必然成就。」在人所不能，在上帝是無所不能乎?!

十二月一日，收到教育部函，回應並採計中等教師年資，惟仍未具教育行政職務經歷，明示校長資格不符規定。心中五味雜陳，當晚讀過路加福音二十四章二十九節經文：「And behold, I send the promise of my Father upon you; but stay in the city, until you are clothed with power from on high.」信心遂再次燃起，當堅守崗位；權柄應是來自上上層者。

今（二〇〇九）年二月四日，教育部函覆，對「與其相當之薦任教育行政職務條文」，仍然指係「擔任行政機關教育行政職務之經歷」，排除了「大學一級單位主管以上行政工作之資歷」。二月二十八日以「陳述再函」方式，次遞行文教育部，從條文、語意、法旨三方面闡述「教育行政職務」資格的內涵，並強調「教育獻身管道的暢通，教育人才資源的豐沛，自是超過個人去留，超越瞬息榮枯。」闡述個人「言行任事，具應接受檢驗，悉願接受公評」的立場。

三月二十四日，教育部再函重申資格不合。對於集杏壇精英之教育行政最高單位，固是信望不移；累月公文往返，關乎其條文釋義，是曾有層面有別、節理不合的感慨，是曾有官不宜僚、民豈可刁的疑惑。晚上讀經，羅馬書十一章十一、十二節「我且說，他們失腳是要他們跌倒嗎？斷乎不是！反倒因他們的過失，救恩便臨到外邦人，要激動他們發憤。若他們的過失為天下的富足，他們的缺乏為外邦人的富足，何況他們的豐滿呢？」羅馬書十一章十八～二十一節「你就不可向舊枝子誇口；若是誇口，當知道不是你托著根，乃是根托著你。你若說，那枝子被折下來是特為叫我接上。不錯！他們因為不信，所以被折下來；你因為信，所以立得住；你不可自高，反要懼怕。上帝既不愛惜原來的枝子，也必不愛惜你。」舉止進退，當謹言慎行，當謹守遵行。

三月二十七日，羅馬書十三章一節「在上有權柄的，人人當順服他，因為沒有權柄不是出於上帝的。凡掌權的都是上帝所命的。」羅馬書十三章五節「所以，你們必須順服，不但是因為刑罰，也是因為良心。」基督信仰的順服，自有他的深意。

四月十四日，哥林多前書第六章囑不宜爭訟；第六章第一、二節「你們中間有彼此相爭的事，怎敢在不義的人面前求審，不在聖徒面前求審呢？豈不知聖徒要審判世界嗎？若世界為你們所審，難道你們不配審判這最小的事嗎？」看起來，爭議之事無妨直接向上帝求告。

四月二十七日，董事會函教育部，申明「本乎守規尊長的初衷，勉以接受陳忠照先生辭呈，至學年段落結束（九十八年七月三十一日）生效」。同時段，四月下旬教育部來函指示，「於文到三個月內遴選合格校長報部核准後聘任。」從事教育工作，本該敬重主管單位；顯然長官在時間上也展現體諒的善意。

校務評鑑

校務評鑑定在五月十四日舉行，個人長以「用心辦學，依序行事，歡迎指導，策勵發展」十六個字與同仁共勉。評鑑前夕，十三日晚，閱讀經文哥林多前書十二章七節「聖靈顯在各人身上，是叫人得益處。」十二章十二節經文「就如身子是一個，卻有許多肢體；而且肢體雖多，仍是一個身子；基督也是這樣。」基督是重視Team Work的。十四日評鑑工作算是平順完成，結果如何，上帝自有旨意。是日深夜，禱告感謝上帝的賜福、聖靈的帶領，以及同工的協力。主清楚地指示教育就是愛，呈現哥林多前書十三章一節「我即使會講人間各種話，甚至於天使的話，要是沒有愛，我的話就像吵鬧的鑼和響亮的鈸一樣。」

結語——神來之筆

真是奇妙，職司當局堅持多年的法令條文，有了一百八十度的轉變。料必有許多賢達高明動了工，七月八日教育人員任用條例正式修正公告實施，「大學一級單位主管職務」

終於可以適用於高中校長教育行政職務資格。總算雨過天清、晴空萬里，誠是文以載道、行以理應；惟歲月有期，時不我予矣。四月期間與教育部門、董事諸賢的承諾，個人離開三育的時刻，此其時也，儘管帶有許多的不捨與惦念。希伯來書八章四節、六節、七節經文不斷告示「他若在地上，必不得為祭司，因為已經有照律法獻禮物的祭司。如今耶穌所得的職任是更美的，正如他作更美之約的中保；這約原是憑更美之應許立的。那前約若沒有瑕疵，就無處尋求後約了。」

心中自有「主」意，口中自有「主」張，上帝編織的軌跡歷歷可循。階段性的任務是告一段落，天父啊！請繼續編織吧！這條經紗，或是緯線，如果還可堪用，猶要使用，請動善工，請動聖工，請動新工，相信祢是不喜悅虛工的。感謝祢，求祢繼續保守三育，祝福三育人！

二〇〇九年七月二十二日

寄語三育人

可記得，校園何處？
綠野白鷺，麻鷺擋路；
林蔭星光，晨曦又見朝霧。
可記得，良師人物？
起居膳宿，生活呵護；
教學輔導，講台再三囑咐。
可記得，青春年華，
踩著夏暑，衣沾雨露；
適性發展，成長貴在體悟。

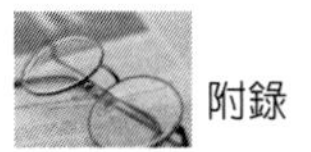

莫忘記，三育兒女，

撒種辛苦，收割歡呼；

學習行善，聖靈長賜幸福。

二〇〇九年九月十七日

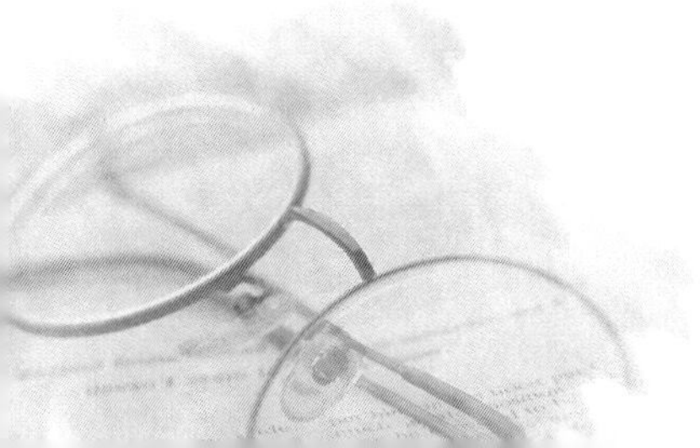

校園月色

（一）

床前明月光，草原盡是霜；
枝頭拱明月，疑是在夢鄉。

二〇〇九年秋

（二）

林下月色輕步漫，楓葉斑影落滿懷；
草叢蟲兒唧唧聲，樹梢雀兒悄悄眠。
學子晚課兩三間，低首學思格窗前；
燈火豎立三四柱，但以理樓夜暮偃。

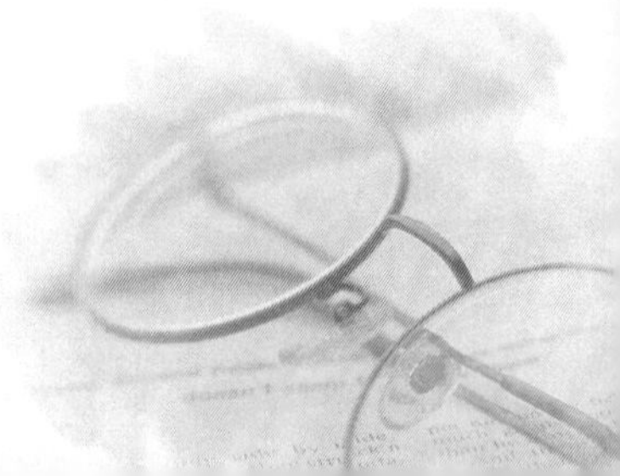

原野小徑鐘樓處，一頭秀髮月光簪；
俗世中秋筵已散，莫非嫦娥玉宇園。

二〇〇九年十月四日

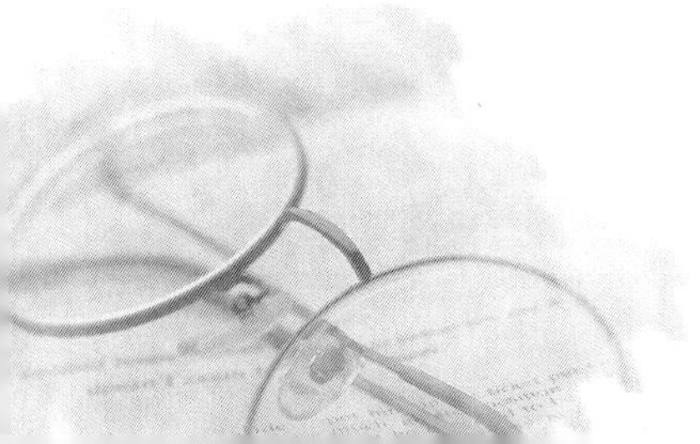

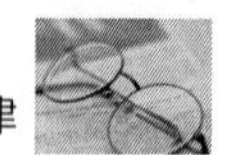

有心

一壺清茶喜相逢，
古今多少事，
盡付笑談眉宇中。
日月山川見主虹，
一步一腳印，
彩繪方寸見蒼穹。

二〇〇九年十一月二十一日

無憾

笑數人生，
焉計成敗毀譽，
無愧無憾良善所倚。

喜迎天家，
沐浴聖潔恩典，
至親至愛歡聚有期。

二〇〇九年十二月

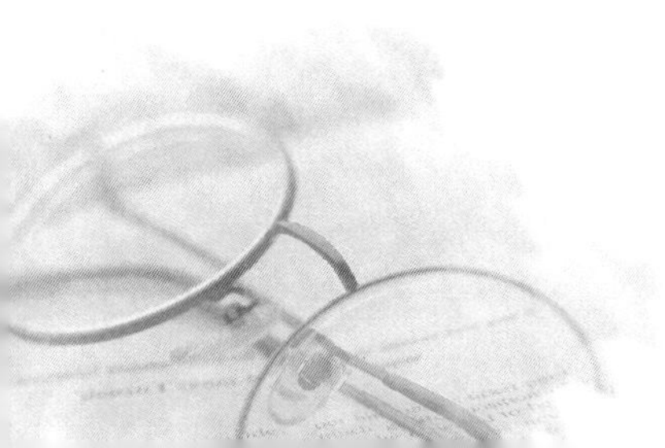

詠新之羽
——湖邊春色

飄於山川，
一層青嵐一層景，
一片青山一片心。

翔於日月，
一場春雨一場綠，
一陣春風一陣新。

二〇〇九年十二月二十八日

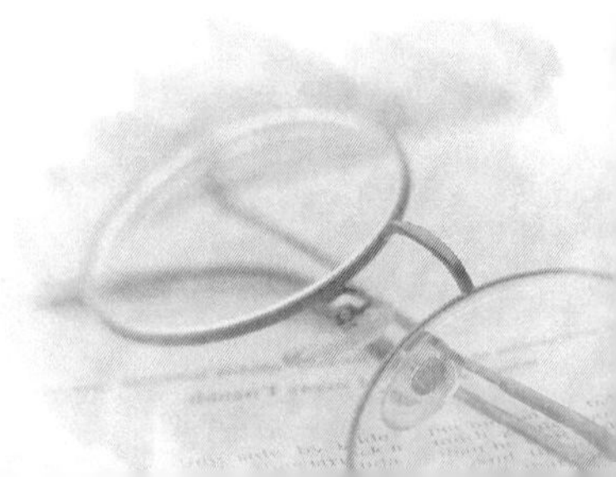

國家圖書館出版品預行編目

Cup and Mirror的旋律 / 陳忠照著. -- 一版. --
臺北市 : 秀威資訊科技, 2010.08
面 ; 公分. -- (語言文學類 ; PG0404)
BOD版
ISBN 978-986-221-532-6(平裝)

855　　　　99011871

語言文學類　PG0404

Cup and Mirror 的旋律

作　　者 / 陳忠照
發 行 人 / 宋政坤
執行編輯 / 林世玲
圖文排版 / 張慧雯
封面設計 / 陳佩蓉
數位轉譯 / 徐真玉　沈裕閔
圖書銷售 / 林怡君
法律顧問 / 毛國樑　律師
出版印製 / 秀威資訊科技股份有限公司
台北市內湖區瑞光路583巷25號1樓
電話：02-2657-9211　傳真：02-2657-9106
E-mail：service@showwe.com.tw
經 銷 商 / 紅螞蟻圖書有限公司
台北市內湖區舊宗路二段121巷28、32號4樓
電話：02-2795-3656　傳真：02-2795-4100
http://www.e-redant.com

2010 年 8 月　BOD 一版
定價： 300 元

讀　者　回　函　卡

感謝您購買本書，為提升服務品質，煩請填寫以下問卷，收到您的寶貴意見後，我們會仔細收藏記錄並回贈紀念品，謝謝！

1.您購買的書名：________________________

2.您從何得知本書的消息？

☐網路書店　☐部落格　☐資料庫搜尋　☐書訊　☐電子報　☐書店

☐平面媒體　☐ 朋友推薦　☐網站推薦　☐其他__________

3.您對本書的評價：(請填代號　1.非常滿意 2.滿意 3.尚可 4.再改進)

封面設計____　版面編排____　內容____　文/譯筆____　價格____

4.讀完書後您覺得：

☐很有收獲　☐有收獲　☐收獲不多　☐沒收獲

5.您會推薦本書給朋友嗎？

☐會　☐不會，為什麼？________________________________

6.其他寶貴的意見：________________________________

____

____

____

讀者基本資料

姓名：____________________　年齡：______　性別：☐女　☐男

聯絡電話：________________　E-mail：____________________

地址：____

學歷：☐高中(含)以下　☐高中　☐專科學校　☐大學

☐研究所(含)以上　☐其他______________

職業：☐製造業　☐金融業　☐資訊業　☐軍警　☐傳播業　☐自由業

☐服務業　☐公務員　☐教職　☐學生　☐其他__________

請 貼
郵 票

To：114

台北市內湖區瑞光路 583 巷 25 號 1 樓

秀威資訊科技股份有限公司　　　收

寄件人姓名：

寄件人地址：□□□

(請沿線對摺寄回,謝謝!)

秀威與 BOD

BOD（Books On Demand）是數位出版的大趨勢，秀威資訊率先運用 POD 數位印刷設備來生產書籍，並提供作者全程數位出版服務，致使書籍產銷零庫存，知識傳承不絕版，目前已開闢以下書系：

一、BOD 學術著作—專業論述的閱讀延伸
二、BOD 個人著作—分享生命的心路歷程
三、BOD 旅遊著作—個人深度旅遊文學創作
四、BOD 大陸學者—大陸專業學者學術出版
五、POD 獨家經銷—數位產製的代發行書籍

BOD 秀威網路書店：www.showwe.com.tw
政府出版品網路書店：www.*gov*books.com.tw

永不絕版的故事・自己寫・永不休止的音符・自己唱